Las chicas que soñaban con el mar

KATIA BERNARDI

LAS CHICAS QUE SOÑABAN CON EL MAR

Traducción de
Teresa Clavel

Papel certificado por el Forest Stewardship Council®

Título original: *Funne: Le ragazze che sognavano il mare*
Primera edición: noviembre de 2017

Printed in Spain – Impreso en España

ISBN: 978-84-253-5571-4
Depósito legal: B-17.210-2017

Compuesto en Revertext, S. L.

Impreso en Cayfosa (Barcelona)

GR 5 5 7 1 4

Penguin
Random House
Grupo Editorial

Índice

OCTUBRE

NOVIEMBRE

DICIEMBRE

ENERO

FEBRERO

MARZO

ABRIL

MAYO/JUNIO

JULIO

AGOSTO

A Caterina Luna,
mi Niña Maravilla
de rizos de oro.

A Davide,
por ese mundo al alcance,
por dos insignias de exploradores,
por nuestro cinco de agosto.

A mi madre, Grazia,
y a mi padre, Sergio,
el Trentino del Año
de todos los años de mi vida.

A Bernie, el perro volador,
y a la extraordinaria compañía
del gorro amarillo, por todas
las aventuras que viviremos juntos.

A un papá estrella
que allá arriba, «over the rainbow»,
nos da las buenas noches todos los días,
excepto aquellos
en los que se va a dormir antes que los demás.
Lo sabemos porque se le oye roncar.

A todas las Funne *de Daone,*
porque los sueños no tienen edad
y, ciertamente, nunca es demasiado tarde.

Esta historia está un poco de este lado y un poco del otro,
entre el paraíso y el camposanto, allí,
al fondo a la derecha, al final del camino
de baldosas amarillas, justo debajo del cartel donde se lee
«Cuentos».

Prólogo

Una mañana de verano, hacia finales de julio

Érase una vez un pequeño valle perdido entre las montañas. Uno de esos valles salvajes con altas cumbres y paredes de hielo, embalses imponentes y lagos profundos de agua cristalina donde, de cuando en cuando, se veían también algunos peces.

Era un valle tan agreste que poquísimos turistas habían llegado hasta el lugar. Solo algunos aventureros se habían adentrado en él, porque, según contaba una leyenda, en el interior de aquellas montañas heladas se hallaban custodiados los sueños de las almas buenas.

Precisamente allí, muy cerca del primer lago, a la derecha, junto a la ermita donde se encontraba la imagen de la Virgen de las Nieves, había un pasaje secreto que conducía hacia el interior de la montaña. Siempre había permanecido cerrado a causa de las copiosas nevadas, pero aquel verano extraordinariamente caluroso dejó el acceso al descubierto.

Algunos de aquellos aventureros juraron entonces ha-

ber visto a un grupo de mujeres internarse en ese pasaje secreto.

Y justo aquí es donde comienza nuestra historia.

La historia de las Funne,* *de su viaje y de su sueño. Una mañana de aquel verano, hacia finales de julio.*

* Al final del libro el lector encontrará un breve glosario. *(N. del E.)*

AGOSTO

1

El Rododendro

Aquella mañana de agosto la temperatura exterior era de veinte grados. Aunque fuese verano, allí arriba siempre hacía un poco de frío.

Como todos los miércoles a esas horas, en Daone, un pueblecito de quinientas ochenta y ocho almas que se extendía al fondo del valle salvaje, no había mucho que hacer. Las personas vivían tranquilas en aquel lugar que parecía suspendido en el tiempo y el espacio.

Era un pueblo con pocos habitantes y muy tranquilo, donde la vida transcurría a un ritmo calmoso y rutinario.

Como todos los miércoles, Marcello, el carnicero, elaboraba sus famosas salchichas; en la panadería se repartían las licencias de pesca deportiva; en la tienda de comestibles se exponían las ofertas de la semana; en la peluquería, Sonia marcaba el pelo a Vitalina; y Valeria, la cocinera del restaurante El valle, preparaba su famoso costillar de ciervo con salsa de arándanos rojos.

Y, como todos los miércoles, el silencio y la parsimonia solo se veían interrumpidos por el sonido de algunos números que alguien recitaba: «Doce, cuatro, treinta y dos, setenta y siete».

A los aventureros que se habían adentrado en el valle y a cualquier otro que hubiese querido orientarse en Daone les habría bastado seguir la estela sonora de esos números para llegar al edificio del ayuntamiento, el centro espacial del pueblo y donde estaba la sede del club de jubilados Rododendro, a su vez el corazón de nuestra historia.

Daone tenía, en realidad, cuatro centros neurálgicos: la iglesia, a cargo del severo padre Artemio; el cementerio y el campanario, que controlaba Carletto, el sacristán; el restaurante El valle, con Valeria, la cocinera, al mando; y el mencionado Rododendro, a cuyo frente estaba Erminia Losa, presidenta plurielecta, mujer de puño de hierro y líder indiscutible del club de jubilados del pueblo.

El Rododendro, cuyo distintivo era una violeta de los Alpes de una tonalidad muy intensa, llevaba ya veinte años de actividad a sus espaldas y contaba con ciento veinticinco socios, la mayoría de ellos mujeres. Pasatiempos principales: brisca, bingo y baile *liscio*, acompañados de un generoso consumo de *cedrata* en verano y de chocolate caliente en invierno. Acontecimientos estelares: la comida de hermandad anual y la excursión. La anhelada excursión.

Dos veces por semana, los miércoles y los domingos, desde las dos hasta las seis de la tarde (después había que preparar la cena), a lo largo de trescientos días al año (el club se tomaba vacaciones de vez en cuando), las socias, cuya edad oscilaba entre los sesenta y ocho y los noventa y dos años, se reunían en la gran sala que el ayuntamiento había puesto a su disposición. Además de una enorme mesa de madera maciza en forma de herradura, había en ella un mural que reproducía la gran montaña del valle al pie de la cual estaba el embalse de Bissina, además de barajas, un televisor y una radio, así como una pequeña despensa-bar en la sala contigua.

Quizá resulte de interés saber que, además de la *cedrata* y el chocolate, en el estante de abajo, a la derecha, había también unas cuantas botellas de buen vino local, si bien estaban reservadas para las socias más antiguas.

Aquel miércoles de agosto la timbrada voz de Armida, a quien las mujeres del Rododendro habían elegido para cantar los números del bingo, creaba una atmósfera ligera y chispeante.

Armida Brisaghella, de setenta y ocho años y con un cuerpo que, curiosamente, recordaba la forma de una tarta Mont Blanc, tenía a todas las reunidas pendientes de su cristalino timbre de su voz y su dicción clara y pausada. Junto con las lecturas en la iglesia, era cuanto le quedaba de su sueño de ser actriz de doblaje siguiendo los pasos de su idolatrada Angiola Baggi.

Ninguna de las otras socias se habría atrevido jamás a sustituirla en su papel de locutora del bingo, ni siquiera Erminia, quien, pese a sus maneras bruscas y duras, tenía un alma tierna que, en su caso, recordaba al turrón, pero de ese que por dentro es de miel y pasta de almendra.

De una pasta muy distinta estaba hecha, en cambio, Jolanda Pellizzari, la tercera socia más activa del club, apodada Miss Tarta de Manzana por su récord de victorias consecutivas en el concurso de pasteles que se organizaba con motivo de la feria de San Bartolomé. Y aquel año sus dotes resultarían muy útiles para todas las mujeres del Rododendro y para nuestra historia. Jolanda era sin duda alguna la más dulce del grupo, tan suave, tanto en sus líneas femeninas como en sus maneras, como una porción de tarta de manzana de esas altas y esponjosas, rellenas de mermelada de albaricoque casera, de las que cuando clavas el tenedor en ellas hasta este se conmueve.

En resumen, aquellas chicas ya no muy jóvenes olían muy bien, y tal vez por eso incluso el aire del club tenía un olor tan agradable. Un aroma a polvos de talco y a caramelos Rossana que recordaba precisamente el perfume que impregna las casas de las abuelas. Ese perfume de encajes lavados con jabón de Marsella y guardados en cómodas que se mezcla con el sabor de las gelatinas de fruta almacenadas en la despensa, sobre un platito de cristal, en espera de la llegada de los nietos.

Las socias del Rododendro eran algo así, entre la gelatina y los polvos de talco. Su rostro, marcado por el paso del tiempo, dejaba traslucir una luz de extraordinaria belleza. Una luz que hablaba de almas buenas.

Su mirada y las arrugas de su cara plasmaban el relato de historias de vida vivida. Vida dura, en la posguerra, allí arriba, entre aquellas cumbres salvajes. Historias que olían a leche ordeñada en un amanecer gélido y a polentas alrededor del fuego, porque no había otra cosa que comer en aquel valle. Historias de zuecos en los pies de unas niñas que a los catorce años dejaban sus montañas para ir a trabajar de empleadas de hogar a Milán, en las casas de los burgueses. Historias de espaldas curvadas por el peso de enormes cestas de leña o dobladas sobre los campos de labranza.

Historias de madres solteras. De mujeres que enviudan muy jóvenes y deben ocuparse de los hijos con la escasa pensión del marido. Historias de acordeones y de fiestas de pueblo. De tartas de manzana y estofado de ciervo. De olor a heno recién cortado, a uva pisada para hacer vino. Historias de largas caminatas montaña arriba y de canciones cantadas bajo un cielo estrellado. Historias de sueños de huida bajo ese cielo estrellado.

Esas chicas, crecidas en el aislamiento de un pueblecito perdido, habían conocido el mundo solo gracias a los relatos de los contados aventureros que habían llegado hasta allí arriba o a las imágenes televisivas. Tanto es así que, a lo largo de su vida, seguramente se habían desplazado más a pie que en coche. E incluso el teléfono lo habían utilizado poco, porque para quedar con alguien era más rápido dar cuatro pasos que telefonear.

Esas eran las *Funne*. Suaves y dulces, duras y rugosas, bellas aunque ya no jóvenes. Con un brillo insólito. Con un sueño encerrado en la montaña que querían hacer realidad antes de «partir», como decían ellas. Y como habían comprendido que para exorcizar la muerte bastaban unas risas, un plato de polenta y unas partidas de cartas, habían encontrado en el Rododendro un lugar de descanso adecuado antes del descanso eterno. «Amén», habría dicho el padre Artemio.

Y «amén», dijo Armida ante la enésima victoria a la brisca de Enrichetta, que en las cartas no tenía rival.

Pero desde aquel día todas las socias del club tendrían que prepararse para una peligrosa partida de cartas con el destino.

2

La caja está temblando

—*Funne!* —gritó Erminia, interrumpiendo las partidas de brisca y bingo—. ¡El club se ha quedado sin un céntimo! ¡La caja está temblando y, si Dios no lo remedia, tendremos que bajar la persiana!

Así empezó Erminia su intervención, sin andar con rodeos. Aquel miércoles de verano por la mañana, su discurso a las socias no podía endulzarse de ninguna manera. Las cosas estaban como estaban. Mal. Y, como presidenta del Rododendro, tenía la obligación de informar de la grave situación.

Las mujeres del club se quedaron petrificadas. La noticia las dejó mudas; algunas se habían quedado incluso con las cartas entre los dedos, a punto de soltarlas. Estaban inmóviles. Armida, ya de por sí un poco cúbica y de movimientos robóticos, permaneció impasible, con las manos extendidas sobre la mesa y la mirada perdida.

—¿En serio, Erminia? ¿Tan mal estamos? ¿Y qué vamos a hacer sin el bingo de los miércoles? —preguntó en su italiano claro y perfecto (era la única del pueblo que hablaba en italiano, no en dialecto).

Erminia encendió un cigarrillo. A pesar de que en el club no se podía fumar.

—Chicos, así están las cosas —respondió—. No marchan bien. Entre la crisis económica, los impuestos gubernamentales, los fondos del ayuntamiento que no han llegado..., corremos el riesgo de no tener dinero para nada. Este año es el vigésimo aniversario del club y habría estado bien hacer algo especial. Como mínimo, una excursión o pagar la comida de hermandad a las socias...

—Pero ¿cómo es posible? —intervino en tono preocupado Vitalina, quien, pese a su timidez, cuando se trataba de cuestiones económicas nunca desaprovechaba la ocasión de meter baza—. Siempre ha habido dinero, ¿no será que lo han robado?

—Eeeh..., ¿qué te ronda la cabeza, Vitalina? —replicó Erminia, un poco alterada—. ¿Acaso crees que lo ha cogido Enrichetta? ¿Para qué? ¿Para ir a bailar?

Enrichetta, la tesorera del Rododendro, era quizá la más sofisticada del grupo a causa de su cargo, de su moderno corte de pelo, rubio y corto, y por el punto de acidez que daba siempre a su chucrut.

—Vitalina, pero ¿no ves que todo el mundo está en crisis? —explicó con más calma Erminia—. El bar tampoco gana ya como antes, hay crisis económica. Irene ha tenido que cerrar el taller de géneros de punto Chocolat porque no sacaba bastante para pagar los impuestos. Y ya somos muy mayores, ¿quién querrá darnos dinero? Tiene que ocurrírsenos algo a nosotras. Aunque seamos viejas, seremos capaces de conseguir fondos para el club. Hemos pasado muchos apuros en la vida, ¿no?

La atmósfera apacible y dulzona del Rododendro ahora tenía un regusto amargo. En la sala se elevó un murmullo difuso y agitado. Sentadas una frente a otra alrededor de la gran mesa maciza en forma de herradura, las *Funne* se miraron, inquietas y pensativas.

—¿Y de dónde vamos a sacar el dinero? —preguntó a voz en grito Valentina, siempre preocupada por llegar a fin de mes con su pensión.

—Pues, como se acerca el día de la fiesta de nuestro patrón, san Bartolomé, ¿por qué no hacemos unas tartas caseras para conseguir un poco? —propuso Jolanda. Ella era así. Si había que hacer algo, estaba siempre en primera línea, sobre todo si se trataba de preparar dulces.

—Sí, es una buena idea, Jolanda. Lo hacían nuestras enfermeras durante la guerra —expuso Armida en el tono orgulloso que adoptaba cuando podía decir algo que sabía—. ¿Y si montamos un puesto al lado de la iglesia? Después de misa, bastante gente querrá una tarta para el postre del domingo. Solo debemos llevar cuidado de no ofender al padre Artemio, pues ese día no iré a misa. Me quedaré en el puesto, ya que esto es un asunto muy importante. El padre Artemio tiene que entenderlo, que él bien que consigue dinero con las ofrendas.

—A mí también se me había ocurrido esa idea, *Funne* —intervino de nuevo Erminia—. Mejor que hacer puntillas y toallas, que están pasadas de moda. Después de misa, seguro que sacamos algún beneficio. Es fiesta, la gente tendrá ganas de comer una tarta hecha por las *Funne.* Así pues, ¿quién viene pasado mañana a mi casa a preparar las tartas? ¿Jole? ¿Armida? ¿Quién más?

La respuesta de las socias fue unánime e inmediata. Parecía una gran idea, esa de las tartas para la feria. El habitual parloteo se extendió otra vez por la sala, pero ahora se hablaba de aspectos organizativos, de ingredientes, de qué dulces elaborar y de dónde hacer la comida de hermandad o la excursión...

—Pero ¿y el dinero...? ¿De dónde vamos a sacarlo? —dijo Valentina.

Aquellas chicas ya no eran muy jóvenes, así que, de vez en cuando, a alguna le fallaba algo.

—¡¡¡Con las tartas, Valentina!!! ¡Con las tartas! ¡Y luego destinaremos una parte para comprarte un audífono! —dijo Erminia, y se echó a reír junto con el resto de las *Funne.*

3

Las tartas del santo

La feria de San Bartolomé era el acontecimiento más esperado del año en Daone.

Música, baile *liscio*, bingo y kilos de polenta con longaniza animaban durante dos días las calles habitualmente desiertas de aquel pueblecito de montaña. San Bartolomé, copatrón junto con la Virgen de las Nieves, eran los santos protectores que la pequeña comunidad veneraba.

A la Virgen de las Nieves, sin embargo, las *Funne* le profesaban una devoción excepcional, sin duda por una cuestión de género —un grupo exclusivamente de mujeres, y casi todas viudas, no podía sino dedicarle a Ella una atención especial, le gustara o no al pobre san Bartolomé—, pero sobre todo porque, según se cuenta, durante la Primera Guerra Mundial, para evitar que bombardearan el pueblo, la Virgen obró el milagro de hacer que nevase tanto que el valle entero quedó cubierto con un manto blanco. Cierto es que allí nevaba con frecuencia, pero jamás se había visto que lo hiciera un cinco de agosto. Desde entonces, la comunidad celebra el milagro ese día anualmente con una liturgia y una fiesta en homenaje a la que, a todos los efectos, las socias del Rododendro consideraban «*Funna* honoraria».

Es verdad que san Bartolomé también podría obrar un pequeño milagro el día de su fiesta, ayudándolas a vender las tartas. Pero el santo se quedaba en la iglesia, impaciente por que lo sacaran en procesión, como impaciente y revuelto estaba también el ambiente que se respiraba en el pueblo durante esos días de preparativos.

Carletto, el sacristán, sacaba lustre tanto a la iglesia como a la imagen del santo patrón, mientras los monaguillos, sentados en silencio en el atrio con calcetines blancos hasta media pantorrilla, aguardaban instrucciones del director del coro.

Justo enfrente de la iglesia, en la plaza del pueblo, se montaba una enorme carpa: el salón de baile. El encargado de la música sería Jury, un jovenzuelo de aspecto simpático metido en carnes con extraños tirantes y pantalones tiroleses que se había autoasignado, aunque tenía derecho, el papel de *disc-jockey*. Y aquella mañana estaba repasando a conciencia el programa musical de la feria: DJ en directo, grupo I Polentoni, baile *liscio* y espectáculo del grupo local de country.

Mientras el padre Artemio contaba las hostias y Valeria, la cocinera, los costillares de ciervo que tendría que guisar, Erminia, Jolanda y Armida contaban el número de tartas que debían hornear para la mañana siguiente. El humo de la cocina salía por la chimenea de la casa de Erminia, perfumado de manzana y canela. Hacía falta mucho dinero para combatir la crisis y, por consiguiente, muchas tartas ricas. Así pues, se había hecho una producción a gran escala.

Y mientras Erminia preparaba la caja roja de cartón donde poner los ingresos de las ventas, Jolanda organizaba los ingredientes y, pese a su timidez, animada por la autoridad que el título de Miss Tarta de Manzana le confería, daba indicaciones sobre cómo trabajar la masa, hecha estrictamente con huevos frescos de las gallinas de Amalia.

Armida, en cambio, en vez de lavar a conciencia los arándanos que Irma había cogido, parloteaba sin parar en voz alta, insistiendo en una teoría suya sobre los cucharones. Había utilizado de diferentes tipos, decía, que había visto en diversos programas de televisión, pero ninguno era mejor que el que su tía había traído de América, donde se acostumbra decir «*ol rait*», o sea, «de acuerdo», «muy bien».

Entre risas, carajillos, manos manchadas de harina y tartas en el horno, resultó que se olvidaron de una, que estuvo dorándose un poco más de la cuenta, distraída quizá también por el parloteo.

—*Ol rait* —dijo Armida—, hemos salido bien paradas, queridas *Funne*.

El olor a tarta quemada se esparció por todo el pueblo, mezclándose en el aire con el de la leña que empezaba a calentar el caldero para la gran polenta *carbonera.* Plato único y especialidad local. No apropiado para estómagos flojos y vegetarianos: salchicha frita con mantequilla, mezclada con queso de *malga* en armonioso equilibrio con harina de maíz, producto del valle con denominación de origen controlada. La dieta de la zona no era precisamente de las menos calóricas, pero no debe olvidarse que la vida de montaña exige una buena reserva energética.

Franco Ciccio, con su tonelada de hermosura, lo demostraba. Jefe de los bomberos de la vecina (y un poco hostil) localidad de Breguzzo, era, pese a su volumen, el rey indiscutible del *lisio* en todo el valle. Junto con otros mozos sanotes, todos criados desde pequeños con aquella polenta, estaba cargando en un tractor una enorme pila de troncos para el concurso más esperado de la feria: la pesada de la leña. Había que adivinar su peso, y el que más se aproximara se la llevaría a casa. Una provisión valiosísima para el largo invierno de Daone.

Incluso los jardines de las viviendas eran protagonistas esos días gracias al concurso «El jardín más bonito». Adornos multicolores, flores, instalaciones y pequeñas esculturas de enanos ornamentaban el pueblo. De punta en blanco para la feria. Que, por lo demás, era la única.

Las campanas tocaron las once de la noche. Luces apagadas sobre los preparativos de la fiesta. Airecillo juguetón. Chiquillos en bicicleta regresando a casa a toda prisa. Esa noche había que acostarse temprano porque el día siguiente sería largo. En la plaza se había instalado también el único puesto donde se venderían golosinas multicolores de todo tipo, globos y algodón de azúcar. Todos a dormir. Incluso las bombillas de colores colgadas del largo cable que rodeaba la iglesia.

Armida preparó sus zapatos de baile, esos con un agujero especial en la suela para deslizarse mejor por la pista, que tenía guardados y utilizaba solo en esas ocasiones.

Erminia, asomada al balcón, fumaba un cigarrillo mientras meditaba sobre cuál podría haber sido el destino de la excursión.

Jolanda, en cambio, no acababa de aceptar el hecho de haber quemado aquella tarta. Pero ¿cómo había podido chamuscársele?

4

Que empiece el *lisio*

Las tartas se habían expuesto convenientemente en dos filas. En primera línea, las de manzana y las de fruta variada. Detrás, las de chocolate y las de «dos colores», como Armida las llamaba. A los *strudel* los habían relegado al banco de detrás del tenderete. Por lo demás, eran, por su naturaleza, desmesurados. ¡Pero estaban deliciosos! Las manzanas rojas de aquel valle agreste eran tan jugosas que, en combinación con la canela, las pasas y ese ingrediente secreto de Valeria, resultaban excelsas.

En una disposición de ánimo excelsa se hallaba también el padre Artemio, que estaba preparándose para la liturgia y la procesión del santo, Bartolomé, al que le tenía mucho apego. La iglesia, más limpia que una patena gracias a las mujeres pías y a Carletto, relucía esa mañana con un esplendor casi divino. Los rayos de sol se filtraban, felices, por las vidrieras de colores hasta la sacristía, donde el párroco estaba poniéndose la túnica y Carletto se la ponía a la imagen del santo, preparado para la procesión por el pueblo.

En el atrio, la banda aguardaba con ansiedad su turno. Era una de esas bandas de montaña un tanto desacordes, pero tan contenta de participar en la ceremonia que se le perdonaban las numerosas y dolorosísimas notas discordantes.

—Fíjate, Erminia —dijo Armida, al pie del cañón desde primerísima hora de la mañana detrás del puesto de tartas—. ¿A ti te parece normal que hasta el director de la banda lleve una sudadera gruesa? Pero si estamos en verano, ¿no? Es increíble. Ya no hay estaciones como antes. En mis tiempos, por San Bartolomé te dejabas el jersey en casa del calor que hacía. Hoy he tenido que ponerme yo también el suéter negro con lentejuelas, porque, si cojo frío, luego todo son ayes.

—Sí, sí, Armida —asintió con cierta impaciencia Erminia, que, sentada a su lado, observaba el desarrollo de los preparativos—. Tienes toda la razón —subrayó con una pizca de malicia.

Erminia, a su manera, tenía afecto a Armida, pero cuando esta empezaba a hablar del tiempo o de las equivocaciones que cometían en la oficina de correos no la soportaba. Eran comentarios de viejos. Y Armida los hacía constantemente.

—Pero las bailarinas las tendrás preparadas, ¿no, Armida? —preguntó Erminia, cambiando de tema—. Porque, una vez vendidas las tartas, tenemos que ir a bailar. A las cinco es el baile *liscio*. Tenemos que ponernos de tiros largos y demostrar lo buenas que somos pese a los años y los achaques.

—Pues claro que sí, cariño, las preparé anoche —la tranquilizó Armida—. Son las del agujerito abajo, así me deslizo mejor, aunque el año pasado no bailamos sobre el adoquinado de la iglesia. Menuda majadería lo de bailar sobre las piedras de la plaza. ¿Cómo se le ha ocurrido al alcalde instalar aquí el salón? En mis tiempos se bailaba en la carpa, más abajo de la villa De Biase, pues allí el suelo es liso y te deslizas como una pluma.

Armida continuó hablando ininterrumpidamente todo el tiempo que duró la misa, hasta que Erminia no pudo más y se alejó para echar un vistazo al interior de la iglesia.

Armida era así. Cuando estaba nerviosa, no paraba de hablar. Y esa mañana festiva había empezado para todos un poco marcada por el nerviosismo. Al fin y al cabo, era la fiesta del pueblo.

Ta, ta, ta, ta, tocó de improviso el corneta de la banda. La misa había terminado, y Erminia se vio arrollada por la multitud de lugareños que salían de la iglesia para iniciar la procesión. A toda prisa, regresó a su sitio en el puesto.

Ta, ta, ta, ta, tocó de nuevo el corneta, fallando estrepitosamente en el sostenido. El pueblo entero seguía en comitiva a la banda desafinada y al padre Artemio, quien, con porte majestuoso, encabeza la procesión que elevaba hacia el cielo la imagen de san Bartolomé.

Fue solo un instante, un destello. Y sucedió justo al principio de la ceremonia, cuando la mirada de Erminia, tiesa detrás del tenderete, se topó con la del padre Artemio.

Fue realmente un momento de esos que marcan un antes y un después, como cuando en las películas del Oeste los pistoleros se miran a los ojos antes de desenfundar el colt.

TA, TA, TA, TA, tocó todavía más fuerte y más desafinado el corneta.

—¡Ya vale! —se oyó decir a uno de los que iban en procesión.

Esa mirada duró un instante, pero fue suficiente, como alguien comentaría luego, para hacer que explotara una de las bombillas que colgaban de un cable sobre las cabezas de la gente que desfilaba. El padre Artemio tenía sus razones. Había advertido claramente que las oraciones de esa mañana se habían dirigido más a la venta de las tartas que al santo. Lo había notado en las miradas de las otras *Funne*, las que habían asistido a misa.

Erminia, por su parte, jamás habría podido ignorar esa mirada. Ella no bajaba nunca la suya, ni siquiera ante el padre Artemio.

No hacían nada malo con aquel tenderete, ella y las otras *Funne*. Lo importante era salvar el club y organizar comidas y excursiones, y, desgraciadamente, con las oraciones es difícil cumplir los sueños. Con las tartas, en cambio, tal vez alguno se haría realidad.

«¿Quién no va a tener la generosidad de comprar una de las tartas de estas dulces ancianitas?», pensó casi en voz alta Erminia.

Y acertó de pleno. Las ventas fueron estupendamente. En menos de media hora, las veintisiete tartas habían volado. Incluso hubo alguien que se quejó porque, pese a haber encargado una, se había quedado con la miel en los labios. La caja roja de cartón estaba a rebosar y, sobre ella, Armida y Erminia se felicitaron con un brindis quizá un pelín alcohólico. Armida tuvo que echarse una larga siesta antes de reunirse con las demás, a las cinco de la tarde, para el momento más esperado de la fiesta: ¡el *lisio*!

Sin embargo, a la hora convenida el salón de baile al aire libre, en el atrio de la iglesia, aún no estaba preparado. Las *Funne*, emperifolladas, con los zapatos negros relucientes, la falda de fiesta y el marcado de pelo de Sonia todavía caliente, se quedaron de piedra.

—Pero en el programa de las fiestas ponía eso, ¿no, Armida? —preguntó en un tono ya alterado Erminia. Ella que siempre lo sabía todo, ¿acaso había visto mal el horario?

—A las diecisiete horas: baile *liscio* con el DJ Jury —dijo Armida, marcando claramente las sílabas.

En ese momento, desde el interior de la carpa de plástico blanco montada junto al atrio de la iglesia se elevó la música, una clara e inesperada melodía que recordaba las películas del Oeste americanas.

¡Qué espectáculo! Todo el pueblo estaba reunido para asistir al número de las *country girls* locales. Indignadas por semejante afrenta, las *Funne* no pudieron hacer otra cosa que, con un molesto estupor, sumarse al público.

Ellas, que durante años habían sido protagonistas del

momento más importante de la feria, el del *liscio*, se veían por primera vez relegadas por un grupo de jóvenes mamás, de entre treinta y sesenta años, que, con movimientos torpes y desmañados, se exhibían imitando los pasos de los vaqueros.

Siguieron murmullos de todo tipo. Con un cuchicheo de moscardón, las *Funne*, sentadas en primera fila, comentaban todos los pasos de baile sin ningún sonrojo, aunque disimulando cierto malestar. Jury, que en el fondo era buen chico, se dio cuenta y, cuando le pareció que era el momento oportuno, interrumpió a las *country girls* para dar paso a las tiernas ancianitas.

—¡Y ahora, para nuestras abuelas, que empiece el *lisio*!

Como de costumbre, Franco Ciccio abrió el baile. Una tonelada de peso, pero un espíritu cálido y delicado. Y, sobre todo, bailaba de maravilla, más ligero que una gacela. Fue directo hacia Armida, que aguardaba sentada en el banco, anhelante de desgastar un poco más sus zapatos de baile agujereados.

—Ven, Armida, que hoy te haré girar como si fueras una peonza —le dijo en un tono al que era imposible resistirse.

—Ya lo creo que voy, Franco, gracias. Pero lleva cuidado, que ya no tengo el cuerpo de antes y, si me haces dar demasiadas vueltas, acabaré en el suelo —contestó Armida con tímida dulzura.

Y de este modo las *Funne* recuperaron poco a poco su espacio. De pie, expectantes como si estuvieran en el gran baile de Viena, cada una esperaba a su pareja. Y dieron vueltas y más vueltas hasta no poder más, al son de aquellas notas antiguas que las transportaban a los tiempos lejanos, cuando, de jovencitas, su único momento de libertad y felicidad era precisamente la noche del baile. Aunque, para ellas, quizá la felicidad era todavía más la espera de ese baile.

SEPTIEMBRE

5

El murmullo del mar

—Ciento noventa, doscientos, doscientos veinte, doscientos treinta...

—Pero ¿qué dices, Armida, todavía te dura la borrachera de la fiesta? ¿Se te ha subido san Bartolomé a la cabeza? ¡Que en el bingo no existen números por encima del noventa! —exclamó en tono jocoso Valentina.

—¡Virgen santa, Valentina! —saltó Erminia, atrayendo la atención de todo el grupo—. ¡A ver si además del audífono vamos a tener que comprarte unas gafas! ¿Acaso no ves que estamos contando el dinero de las tartas?

—¡Doscientos cuarenta, doscientos sesenta, doscientos sesenta! ¡Doscientos setenta euros! —zanjó Erminia con una pizca de orgullo—. La venta ha ido muy bien. ¡Tenemos que hacerla todos los años!

En efecto, el puesto había sido todo un éxito y, pese a las miradas reprobatorias del padre Artemio, a las *country girls*, a una posible trampa en el concurso de pesada de la leña y a la tarta quemada, las *Funne* habían alcanzado su objetivo. El club podría respirar tranquilo durante una temporada. El dinero cubriría los costes de la comida de hermandad. Además, como Armida especificó en un interminable monólogo, en Bondo, un pueblecito situado a tres kilómetros de Daone, el banquete anual de los socios no había sido totalmente gratuito, ya que les habían hecho pagar por cabeza una cuota mínima de diez euros. El Rododendro, pues, podría pedir también diez euros a cada socia. Con eso y los doscientos setenta euros que habían obtenido, calculaban que harían frente a la mitad de los gastos del banquete que se celebraría en el restaurante El valle, donde con treinta euros se comía tanto que tenías que saltarte la cena. Y las bebidas estaban incluidas.

El menú clásico consistía en cuatro platos. Como entrante, *carpaccio* de carne *salada* (carne de cerdo curada, recubierta de especias y sal gruesa, un producto artesano local), acompañado de judías en *bronzòn* y cebolla cruda cortada en rodajas finas.

De primero, *risotto* con arándanos negros, la especialidad de Valeria. La cocinera de El valle ponía en aquel arroz un ingrediente secreto que en todos aquellos años no había revelado a nadie. Pero no tardaría mucho en transmitírselo a su hija, Graziella, que se había hecho mayor, además de grande ante los fogones, y, teniendo en cuenta la edad de Valeria, dentro de poco ocuparía su puesto de jefa de cocina. Como alternativa, un sabrosísimo plato de *tagliatelle* con ragú de ciervo, plato con denominación de origen local: un producto, el ciervo, de kilómetro cero. Y, por lo tanto, el segundo plato no podía ser sino el famoso costillar de ciervo con salsa de arándanos, rojos en esta ocasión, acompañado de la eterna polenta en tres variantes: clásica, de patata o *carbonera* (la de la feria, para entendernos). De postre, cada socia podría elegir entre *strudel* de manzana, helado de vainilla con frutos del bosque calientes o el pastel del día.

Tras el inacabable monólogo de Armida, que causó algún derrumbe estructural en las otras *Funne*, Erminia tomó la palabra para lanzar una nueva propuesta. En vista del éxito en la venta de las tartas, ¿por qué no buscar otra manera de recaudar un poco más de dinero? Esta vez, para la excursión. Porque doscientos setenta euros era mucho, sí, pero solo cubrirían la comida de hermandad y llenarían un poco los estómagos. Aquel año, sin embargo, se celebraba el vigésimo aniversario del Rododendro y todas se merecían una bonita excursión.

Históricamente, las excursiones del club tenían un contenido religioso. La primera de la lista según el número de visitas era, por supuesto, la que realizaban a la ermita blanca de la Virgen de las Nieves, en la verde explanada de Limes (siete kilómetros desde el centro de Daone), seguida de las peregrinaciones a la iglesia de Santa Justina, en Creto (ocho kilómetros y cuatrocientos sesenta metros desde Daone), al santuario de la Virgen de Làres, en Bolbeno (trece kilómetros y cien metros), al Santuario Rio Secco, en dirección a Capovalle (veintidós kilómetros y doscientos ocho metros), así como a otros lugares sacros. Pero todas se hacían siempre por los alrededores, o en cualquier caso no más lejos de Capovalle.

Estaba pendiente desde hacía años el sueño irrealizable

de ir a Roma para ver al Papa, al que se unía el sueño, no confesado pero igual de intenso, de asistir a un concierto de Gianni Morandi, ídolo generacional de aquellas bellas muchachas de Val di Daone.

Pero Erminia ya estaba harta de excursiones religiosas. Ella era así. Había visto un poquito de mundo. Era una de las contadas socias del club que había salido del pueblo, aunque después había vuelto para casarse y tener cinco hijos. Y necesitaba sumergirse de cuando en cuando en ese otro mundo. Además, quería llevar allí a esas otras mujeres para que lo conocieran. Ya estaba bien de atrios, vírgenes y exvotos. Porque ella, durante la misa, a veces salía a media función para respirar un poco de aire, pues le hablaba a Jesús directamente, sin intercesiones de ningún tipo. Y si por casualidad Jesús estaba ocupado, recurría a la Virgen de las Nieves, que siempre era una garantía.

—*Funne!* —dijo Erminia—. ¿Por qué no organizamos este año la excursión a algún sitio que no sea una iglesia? Vayamos a ver algo nuevo, algo que no hayamos visto nunca. ¡Pero no quiero lápidas alrededor, que para eso ya tenemos el cementerio!

Un coro de suspiros se elevó en torno a la mesa del club. Esta Erminia siempre estaba ideando algo. Iba por delante del diablo. ¿Adónde se proponía llevarlas ahora? ¿Y cómo? ¿Y a hacer qué?

—Al mar —susurró con una débil voz la dulce Irma—. Al mar —repitió en un tono más firme.

Se hizo el silencio en la sala del Rododendro ese miércoles por la mañana. La palabra «mar» las dejó a todas sin respiración. Literalmente. Durante un largo instante no se oyó ningún ruido. Solo, a lo lejos, el murmullo del mar. Y se hacía raro oírlo entre esas montañas, en esa isla perdida entre glaciares y embalses. Había llegado desde lejos, traído quizá por el viento de ese verano mágico. El mar. Esa extensión de agua cristalina y profunda permitía ver los peces, muchos peces, y era infinita porque no había montañas que lo delimitasen como sucedía, en cambio, en el lago de Morandino. Irma había dado voz a ese sonido, le había puesto nombre.

Durante el silencio las *Funne* se miraron extasiadas. En ese instante muchas de ellas cayeron en la cuenta de que no habían visto nunca el mar. Pero, sobre todo, repararon en que habían olvidado que jamás lo habían visto.

—Entonces ¿vamos de excursión al mar? —preguntó Valentina, interrumpiendo la poesía del momento—. Pero ¿y el dinero? ¿De dónde lo sacaremos? Muchas tartas tendremos que hacer para poder ir al mar todas juntas...

6

La primera vez

Hay que reconocer que, si hubieran tenido que organizar una excursión para ir a un concierto de Gianni Morandi o para ver al Papa, la elección habría sido complicada. Seguro que habrían tenido que someterla a votación. Y luego habrían surgido problemas con los hijos: impensable llevarlas a un concierto de rock, dificilísimo, imposible hablar con el Vaticano. Ir al mar tampoco sería una empresa fácil, a causa de los prejuicios del pueblo, de los achaques debidos a la edad y de la falta de fondos del club, pero era sin duda el viaje más factible. Además, Erminia había visto a Gianni en aquel concierto de 1974 en Civitavecchia, y al Papa lo veía decir misa todos los domingos por la mañana en la tele. Había también otra consideración que hacer, y no menor: al Papa y a Gianni solo se los podía ver y oír, y desde lejos. Pero lo que era tocarlos... ¡ni soñarlo! El mar, en cambio, no solo podrían verlo y oírlo, sino también tocarlo, respirarlo, olerlo y hasta meter los pies en él. Todas juntas. Muchas de ellas por primera vez. Qué emoción. Hacía algún tiempo que ese sueño le rondaba la cabeza a

Erminia, y le daba igual lo que dijeran el padre Artemio, el alcalde y, sobre todo, Bergamina, la cotilla oficial del pueblo.

Irma, por su parte, había dado voz a un sueño que, desde hacía años, esperaba ser expresado y, quizá, hacerse realidad. Solo había visto el mar por televisión y en las ilustraciones de algunos libros. Para ella, el mar era el lago de Morandino, el de la presa, ese que cuando se desbordó, después de la guerra, los obligó a ella y sus hermanos a echar a correr para salvar a los cerdos de la inundación y taparlos con mantas. Ese era el recuerdo de «su» mar, y no era ni mucho menos bueno.

—A mí el mar me da miedo —reconoció, pues, en un tono más decidido—. Es demasiado grande... Tanta agua me asusta.

—Pero es que la primera vez no puedes mirarlo todo entero, debes descubrirlo por partes —contestó con su calma habitual Armida—. Además, si te da miedo, podemos compartir la habitación. A mí me gusta mucho el mar por la mañana, a las cinco. Podemos ir a dar un paseo juntas por el rompiente, yo te cogeré de la mano, Irma.

—¡Sí, ya me veo en la habitación durmiendo contigo, Armida! Pero ¿tú estás loca?

Unas sonoras carcajadas llenaron la sala del Rododendro. No había manera de acabar aquella reunión sobre la excursión. Las *Funne* no paraban de hablar del mar, y las que habían estado en él contaban a las demás la primera vez que lo habían visto. La idea de ir todas juntas las había emocionado a tal punto que les entraba miedo. Amalia, Valentina y Chiara, que no habían visto el mar ni siquiera con prismáticos, escuchaban extasiadas e intimidadas los relatos.

—¿Cuándo fuiste tú al mar, Jolanda? —preguntó con curiosidad Amalia.

—En 1967 —respondió con precisión Jolanda.

—¿En el viaje de novios?

—¡No, mujer! ¡Entonces fui a Pracul!

—Yo vi el mar en Málaga —intervino Armida, interrumpiendo las risas de las otras socias—. En Málaga, en España, en 1962. Pero no lo toqué. Iba en barco a Gibraltar y, por cierto, allí me mordió un monito. Había monitos muy latosos. Pero de todas formas recuerdo el mar. Era bonito.

—Sí, pero ¿en el mar no hace demasiado calor y el sol quema mucho? —preguntó, preocupada, Chiara—. Yo padezco del corazón y debo llevar cuidado con el sol, aunque en la tele he visto que en la playa hay sombrillas y camorristas.

—¿Camorristas? —preguntó Erminia.

—Sí, camorristas. Bueno, no sé..., ¿cómo se llaman esos que salvan a las personas que están ahogándose?

—¡Por el amor de Dios! Esos son socorristas —respondió Erminia.

También Erminia, pese a ser del tipo «turrón», escuchaba los relatos sobre el mar divertida y casi emocionada. Por primera vez después de mucho tiempo, después de esos duros años de soledad en aquel pueblo pequeño y, con frecuencia, demasiado monótono para ella, sintió que algo se liberaba en su interior.

Esa noche, acabada la reunión, le pareció que el corazón iba a estallarle de alegría, o quizá eran las palpitaciones, porque muchas veces tenía la tensión alta. Deprisa, deprisa, ahora había que organizarlo todo, enterarse de cómo ir hasta el mar, cuántos días y adónde en concreto. Pero, principalmente, ¿cuánto dinero haría falta? ¿Y cómo iban a conseguirlo? *«Sapore di sale, sapore di mare»*, canturreó para sí misma mientras se dirigía a casa pasando por delante del parque de bomberos.

Y justo allí ocurrió algo. Quizá la Virgen de las Nieves la había escuchado de verdad el domingo anterior fuera de la iglesia. Algunas de aquellas preguntas encontraron respuesta, gracias también a Franco Ciccio, que la saludó. Erminia le devolvió el saludo y en ese instante le quedó todo claro. Detrás de la mole de Franco, vio algo colgado de la pared del parque. Y tuvo el claro presentimiento de que conseguirían el dinero para ir al mar. En el horizonte se dibujaba un nuevo reto para sus *Funne*.

7

El hombre de los sueños

Massimo era lo que se dice un buen mozo. En torno a los cuarenta, barba descuidada, gafas negras demasiado grandes, alto, fornido pero no gordo, y de andares seguros. Una inseparable cámara de fotos y una bufanda beis en el cuello le daban un toque particular, un poco misterioso. En el pueblo llamó la atención enseguida. Massimo era forastero, en efecto, venía de la ciudad y se veía a una legua que era un urbanita, en parte por cómo iba vestido, desde luego un poco demasiado a la moda para Daone. El pueblo y los del pueblo tenían una especie de sensor cuando llegaba un desconocido. Desde las ventanas de las casitas, todas pegadas unas a otras, podían verse ojos curiosos que observaban a hurtadillas lo que sucedía fuera; y en aquellos días el vientecito cortante de finales de verano anunciaba algo nuevo. Massimo también pensó que allí arriba, entre los montes, el aire podía ser más bien frío, y esa mañana se había puesto una chaqueta de piel clara antes de montar en su gran Jeep gris metalizado y aventurarse carretera arriba por las cerradas curvas hacia Daone.

Aún no sabía al encuentro de qué iba. Solo había recibido una llamada de una pariente lejana de aquel pueblecito perdido entre los bosques.

Mientras tanto, en el Rododendro, Erminia recibía con excesiva excitación a las demás socias. Esa mañana se había puesto un suéter violeta con pespuntes y botones dorados, aquel tan bonito que solo lucía en las ocasiones especiales. También había hecho enfadar a Sonia, de la peluquería de señoras, porque se había presentado a las ocho de la mañana, sin haber pedido hora, para marcarse el pelo. El cabello de Erminia, y en general el de todas las mujeres del club, requería una presencia constante en la peluquería, cosa que alegraba mucho a Sonia, pese a que de vez en cuando se aburriera un poco de hacer solo marcados. En fin, por lo menos el cabello de Erminia le daba muchas satisfacciones. Tenía un color indefinible, casi parecía una peluca y recordaba el pelaje moteado de un guepardo, una mezcla de blanco, gris y castaño con toques violeta, y esa mañana combinaba a la perfección con el suéter. Unos pantalones negros completaban la imagen particularmente elegante de la presidenta del Rododendro, que, dicho sea de paso, no se había puesto una falda en su vida.

—Pero ¿por qué no llega? ¿Se habrá perdido? —dijo, mascullando entre dientes, Erminia.

—¿Quién se ha ofendido? —preguntó Valentina.

Las *Funne* empezaron a charlar entre ellas, algo flotaba

en el ambiente, Erminia estaba sobreexcitada y no paraba de tomar café y hacer más para todas las socias.

Finalmente, completada la última ronda de tazas y sentadas ya las tardonas, anunció a todas la inminente sorpresa.

—*Funne!* —exclamó—. Tengo otra propuesta que haceros a fin de conseguir dinero para la excursión. La venta de tartas, como hemos visto, no ha dado suficiente dinero para ir todas juntas al mar. Pero ayer se me ocurrió lo que podríamos hacer. Fue Franco Ciccio quien me inspiró la idea. ¿Y si hacemos un calendario como el de los bomberos? Un calendario para venderlo de puerta en puerta por Navidad o para vendérselo al ayuntamiento de Daone. ¿Qué os parece?

Las *Funne* reaccionaron a la enésima propuesta extravagante de su presidenta con un estallido de voces y carcajadas. Armaron tal escándalo que parecían colegialas al oír el sonido del timbre que anuncia el recreo. Claro que lo de hacer un calendario era realmente la propuesta más original que se había formulado jamás en aquella sala. Un calendario de ancianas era lo nunca visto. ¿Fotografiarse ellas? ¿Dónde? ¿Cómo? ¡Pero si se habían hecho tan pocas fotos en su vida que podían contarlas con los dedos de una mano! Algunas solo tenían la de la boda. ¿Qué le bullía en la cabeza ahora a ese torbellino de Erminia?

Además, un calendario de bomberos, pase, porque daba gusto ver las fotos de esos buenos mozos con uniforme, pero ¿quién iba a comprar un calendario de un puñado de viejas cacatúas llenas de arrugas?

—Yo el de los bomberos lo tiro todos los años al cubo de la basura —dijo, al borde del enfado, Armida—. ¡Es una porquería! Ponen dos meses en la misma página, ¡figuraos! Es increíble. Pero ¿a quién se le ocurre poner dos meses en la misma página? Si el nuestro va a ser así, yo no lo hago. Y hay que poner también las lunas y los santos. Que los bomberos no los ponen.

Mezclado entre el parloteo de las primeras discusiones, se oyó el timbre del teléfono. Massimo había llegado a Daone. Erminia contestó, emocionada, y ante las miradas interrogantes de las otras, anunció al invitado sorpresa.

—*Funne!* Está a punto de llegar Massimo. Es fotógrafo y viene de la ciudad. Es sobrino de Claudia. Si queremos hacer el calendario, necesitamos un fotógrafo profesional. He querido daros una sorpresa. Está entrando en el pueblo.

—Pero ¿es guapo? —preguntó Armida sin que viniera a cuento y con una media sonrisa.

Entre las carcajadas y aquel vientecillo particularmente juguetón del final del verano que llegaba hasta la última planta del edificio del ayuntamiento, Massimo hizo su entrada en la abarrotada sala del club, un tanto cohibido, entre una inesperada salva de aplausos de las *Funne* que le hizo sonrojar de manera muy visible. Estas *Funne* a veces se comportaban de un modo poco educado, incluso vergonzoso. «Ver para creer», pensó Armida.

—Siéntate, Massimo, siéntate aquí con nosotras —lo invitó Erminia sonriendo.

La gran mesa de madera, en torno a la cual estaban

sentadas las intrigadas socias, presentaba ese día el aspecto de un tribunal de examen. En un lado estaban alineadas las *Funne* al completo, en el otro había una silla vacía, preparada para que alguien la ocupara. No le resultó fácil al fotógrafo sentarse frente a aquel inverosímil jurado, con el nerviosismo de quien no tiene ni la más remota idea de las preguntas que van a hacerle. Pero Massimo era un hombre tranquilo cuya seriedad y profesionalidad no estaban reñidas con el sentido de la diversión. Y quizá no era casual que en esa silla hubiera acabado sentándose precisamente él ese miércoles por la mañana.

—No te preocupes, Massimo —prosiguió Erminia sin dejar de sonreír y esforzándose en hablar en un italiano correcto—. Solo queremos hacerte unas preguntas para saber si eres la persona adecuada para nuestro calendario. Como te expliqué por teléfono, tenemos que hacer un calendario a fin de conseguir dinero para ir de excursión al mar todas juntas. Este año se celebra el vigésimo aniversario de nuestro club. Queremos cumplir ese sueño y, en vista de la media de edad de las socias, nos gustaría hacerlo realidad antes de que sea demasiado tarde.

—Por favor, pregunten —dijo Massimo—. ¿Qué desean saber?

—¿Cuántos años tienes, Massimo?

—Cuarenta —respondió él con firmeza.

—¡Madre mía, pues sí que eres viejo! —exclamó Erminia, más brusca que nunca ese día—. Jury tiene treinta.

—¿Cómo que viejo? —replicó Massimo—. ¿Y quién es ese Jury?

—Querido Massimo, Jury es el hijo de Maria Rosa y, sin duda alguna, un chico apuesto, más joven que tú. Es el fotógrafo del pueblo, muy bueno por cierto. Tendrías que ver las fotos que nos hizo en la excursión al santuario de la Virgen de las Nieves. Pero está muy ocupado, y supongo que por eso Erminia te ha llamado a ti —explicó Enrichetta.

—En cualquier caso, tú también eres guapo, Massimo —intervino Armida—. Lo que pasa es que esta moda de llevar barba a mí no me convence. Estarías mejor sin ella.

—Venga, venga, Armida, compórtate, que lo sonrojas —la apremió Erminia—. Pasemos a otra cosa. ¿Estás casado?

—No. ¡Solo me faltaba eso! —se apresuró a responder Massimo.

—¡Muy bien! ¡Tú sí que has entendido de qué va la vida! Aquí, en el club, aparte de Chiara y yo misma, todas las demás son viudas. Así que, en vista de que no estás casado, tienes donde elegir. ¡Si no te asusta la edad, claro!

—¡En el corazón no se manda, Erminia! —bromeó Massimo.

Sin embargo, el interrogatorio empezaba a incomodarlo un poco y tuvo que quitarse la chaqueta a causa de un súbito acceso de calor.

—¡Armida! ¡Armida! ¡Armida! —exclamó Erminia dando ligeros codazos a su amiga—. Mira lo que Massimo lleva en el brazo. ¿Has visto? Un tatuaje enorme. ¿Qué es?

Y así fue como sucedió. No ocurría desde el lejano verano de 1950, cuando Armida, en la verbena de San Bartolomé, que olía a merengue recién hecho, se vio agarrada de improviso por un brazo de Roberto, un compañero de juegos que a ella le gustaba mucho. Roberto era el más guapo del pueblo y no miraba nunca a Armida, porque, aunque era quizá la chica más simpática, era también la más regordeta. Aquella noche estrellada de verano, Roberto, detrás del tronco de un abeto blanco que todos en el pueblo llamaban Bora, la cogió de un brazo, la estrechó contra sí y le robó el primer beso. Un vals sonaba a lo lejos, al fondo de todo, en la plaza. Solo las lucecitas colgadas de los árboles del pueblo para la fiesta, que resplandecían como estrellas, fueron testigos de aquel momento. Todavía recordaba Armida el calor de las mejillas encendidas de Roberto en su cara. Por un instante se quedó sin respiración. Y como aquel verano de 1950, al ver el tatuaje de Massimo, Armida se sonrojó. Pero, sobre todo, fue incapaz de decir nada más. Aun así, la sonrisa que le iluminó el rostro fue mucho más elocuente que sus palabras. Entre otras cosas, porque Armida era famosa en el pueblo por no sonreír nunca. La última vez había sido detrás del Bora, en 1950, pero eso solo lo sabían Roberto y ella.

—Mira que te veo venir, Armida, no hagas de alcahueta —dijo sin piedad Erminia, que, cuando alguna se ruborizaba, no tenía reparos en tomarle el pelo.

Armida, perdida aún en su estancia secreta de los recuerdos y las emociones, solo logró balbucir:

—Es guapo. Massimo es muy guapo.

Fue precisamente Massimo quien la salvó de aquel momento de incomodidad, desplazando la atención hacia el motivo por el que lo habían llamado. Un calendario. Pero ¿para qué exactamente? ¿Qué idea tenían las *Funne*? ¿Cómo querían que las fotografiara? ¿Al aire libre o en casa? Comenzó entonces un largo debate sobre modos, plazos y, por supuesto, costes. Las *Funne* se mostraron tan aduladoras que Massimo no pudo por menos de hacer la siguiente propuesta: si el calendario se vendía, él cobraría; si las ventas iban mal, lo haría gratis. Aquellas ancianas le recordaban mucho a su abuela, que había dejado este mundo hacía unos meses. Al menos ella había visto el mar, precisamente con él, en una excusión especial que hicieron los dos solos.

Esa mañana, el ambiente de la gran sala, cargado de hormonas que olían a miel, produjo una larga confrontación de ideas. Fue el primer momento creativo del Rododendro desde que las socias habían tenido que decidir todas juntas el nombre que pondrían al club. Tras descartar la rosa, la violeta y la mimosa, eligieron el rododendro, cuya flor reflejaba mejor su alma y su carácter.

Pero Erminia tenía las ideas claras. Como siempre. Era preciso hacer un calendario más bonito que el de los bomberos, y las *Funne* debían lucirse para recaudar todo el dinero posible.

—Yo posaré con un bañador de dos piezas en el río Chiese —dijo—. Y saldré en el mes de enero. Es lógico que sea la primera puesto que soy la presidenta, ¿no?

—Pero, Erminia, en enero hace mucho frío —replicó Valentina.

—Podríamos hacer las fotos en el Rododendro —propuso Massimo—. Las hacemos todas aquí y luego, con el ordenador, pongo detrás como fondo las imágenes que quieran, las que más les gusten.

Massimo no estaba seguro de que hubieran entendido bien esa breve clase de Photoshop. Pero de una cosa sí se había dado cuenta: aquellas chicas de montaña escondían en su interior deseos y sueños que pedían ser expresados y compartidos. Porque es sabido que en la vida, como se dice también en Daone, los sueños no tienen edad.

Él solo tenía cuarenta años. Pero ese miércoles se había convertido en el hombre de sus sueños.

8

Calendar girls

Es impensable reproducir sin eternizarse las horas de discusión que siguieron, ni las provocadoras y provocativas preguntas que dirigieron al fotógrafo. De esas interminables horas de conversaciones, confrontaciones, elecciones, risas, anécdotas, recetas, peleas, chocolates calientes, tiramisús con fruta (especialidad de Armida) y, a partir de cierto momento, carajillos, salió una primera lista de fotografías. Una primera lista que, por comodidad y sin especiales esfuerzos creativos, el fotógrafo llamó la «Lista de las *Funne*». Las fotos propuestas, en realidad, no eran sino imágenes de lo que a las *calendar girls* de Daone les gustaba hacer a diario, lo más selecto de su cotidianidad.

Lo que se reproduce a continuación es el documento inédito que Massimo redactó, una relación de las fotos que las mujeres propusieron, acompañadas de algunas notas personales del fotógrafo sobre las *Funne* presentes en el club ese miércoles de finales de verano.

LISTA 1. «Lo que me gusta hacer»

1. Erminia – Mes de enero
   «Posar en bañador a orillas del río Chiese.»

Erminia es la líder del grupo. Es de una simpatía espontánea, como lo es también su actitud provocadora. Por eso quiere hacerse una foto un poco atrevida, por eso y para que el calendario se venda más, porque se ha empeñado en alcanzar su objetivo. A Erminia le gusta que hablen de ella y embarcarse en nuevas aventuras. Su valor no tiene edad. De manera que, pese a sus años, desea posar en biquini mientras toma un cóctel bajo una pequeña sombrilla a orillas del río Chiese, a mil quinientos metros de altitud en medio del bosque. Se pondrá un biquini con estampado de piel de leopardo. Además de Chiara, es la única cuyo marido aún vive. Y es la única del club que fuma y la única que conduce de un modo muy deportivo. Su marido tiene mucha paciencia.

2. Jolanda – Mes de febrero
   «Aparecer en compañía de Arturo, mi asno.»

Jolanda está encariñada con su asno, que se llama Arturo. Le gustan el campo, los animales y estar al aire libre, además de su huerto. Desde que se quedó viuda, pasa muchas horas ocupándose de este último y de su jardín. Vive con un hijo ya mayor al que le prepara dos comidas al día. Tres veces por semana tiene en casa a los hijos de su otra hija. Cuando sus nietos no están y no es hora de comer, su vivienda está vacía; por suerte, en el jardín está Arturo, que le hace compañía y la hace reír. Jolanda tiene una risa contagiosa. Es sencilla, alegre y generosa, pese a que ha tenido una vida muy difícil. Pero dice que su piel es más dura que la de Arturo. Por eso quiere salir en la foto con él, abrazándolo. Hay que tomarla lo antes posible, me ha dicho Jole, preocupada, porque, cuando llega el frío, Arturo se va al fondo del valle, donde hace más calor.

3. Armida – Mes de marzo
   «Lavar la ropa en la fuente.»

A Armida le gusta lavar la ropa en la fuente. En su día a día, todos ellos marcados por las mismas actividades, no puede faltar:

1) Rezar el rosario con don Bruno (cuando está, por la mañana temprano).
2) Preparar la comida antes de la once como máximo.
3) Lavar la ropa en la fuente.
4) Ver una telenovela después de cenar.
5) Hacer pasatiempos de *La Settimana Enigmistica* durante al menos una hora, pues eso mantiene en forma la mente, dice.

Para Armida es un placer hacer la colada como antiguamente. Con la lavadora no es lo mismo. Tiene un método especial para que las manchas de grasa desaparezcan de la ropa que su madre le enseñó cuando era pequeña. Vive sola en un pisito con una cocina de fogones y un gran televisor; el edificio está al lado de la fuente municipal, que es su preferida, y frente al cementerio. Así está cerca de todo. Aunque ahora han trasladado el camposanto y necesita el coche para llegar. Y por si fuera poco, este año no le han renovado el carnet.

4. Vitalina – Mes de abril
«Hacer arrumacos a mi gato.»

Vitalina, de la quinta de 1935, vive sola con su gato en un piso pequeño que está justo encima de la peluquería de señoras, en la calle San Bartolomeo, número cuarenta. Enfrente de la iglesia, junto al ayuntamiento. Dice que no le desagrada la vista del cementerio antiguo, que no le impresiona. Tiene la cara alargada y las mejillas permanentemente teñidas de un suave rubor. Lleva siempre collares de perlas. Es viuda, diabética, y aficionada a las conservas y las mermeladas. Lo que más le gusta en la vida es ir a marcarse el pelo a la peluquería, que está debajo de su casa, y hacer arrumacos a su gato en el sofá del salón. El gato se llama Sergio. Sergio tiene trece años, es un gato rubio tan inquieto como poco sociable, pero es el único compañero de la soledad de Vitalina. Para ella es como un hijo. Vitalina tiene uno, pero vive en Suiza y va a verla cada tres meses. En Suiza vive también su hermana gemela.

5. Irma – Mes de mayo
«Coger arándanos silvestres.»

Irma vive en la casa más antigua del pueblo. Y ella es la más antigua del club. Aunque pasa de los ochenta y cinco, trabaja varias horas al día con su delantal de flores bordadas. Planta patatas y lechugas. Pero lo que más le gusta es ir al bosque a coger arándanos silvestres. Anda siempre por Daone con una vieja carretilla. Solamente tiene un hijo (soltero), que la regaña porque no quiere que vaya a trabajar al campo a su edad y no la deja ir a coger arándanos al bosque. Pero ella se niega a quedarse en casa recitando los «misterios» y preparando la comida. Así que, cuando su hijo le riñe, se enfada y lo amenaza con largarse. El problema es que luego no sabe adónde ir, así que le prepara la comida. A Irma le asusta un poco acabar en las fotografías, teme que le roben el alma. Cuando Erminia le pidió que posara para el calendario, se santiguó.

6. Enrichetta – Mes de junio
«Cuidar de mis rosas.»
Enrichetta tiene la piel clara y los ojos azules y brillantes. Es rubia, lleva el pelo corto, con un corte moderno, y presume de ser la más elegante del Rododendro. Tiene un curioso parecido con Lady Di. Siempre lleva un fular estampado alrededor del cuello. Es la madre del médico del pueblo y la tesorera del club. Este hecho le otorga cierta notoriedad y es el motivo de que su relación con la presidenta no sea precisamente pacífica, ya que discuten a menudo sobre el presupuesto en las reuniones. Pero es la que ha asistido a más excursiones organizadas por Erminia. Quizá incluso a más que la propia Erminia.

Le gustaría ver más a menudo a su hija, que está un poco lejos. Vive sola en una casa situada más abajo de la iglesia y su jardín está lleno de rosas. Tiene de diferentes variedades —silvestres, blancas, púrpura— y las cuida con amor y dedicación. Mantiene la habitación de su hija como cuando esta era pequeña: llena de muñecos de toda clase que huelen a jabón de Marsella y están dispuestos en orden, pegados uno a otro, sobre la cama.

7. Berta – Mes de julio
   «Preparar café.»

Berta es graciosa. Es una anciana enjuta con un poco de joroba que no llega a afearla. Tiene el pelo blanquísimo y se hace la permanente. Se apoya en un bastón, porque es realmente delgada y viejecita. Parece una anciana de cuento, una especie de brujita. Anda despacísimo. Tarda doce minutos en ir de su casa a la iglesia, pese a que vive detrás de la sacristía. A Berta le gusta preparar café. Pero no con las cafeteras modernas; lo hace con una muy antigua y lo sirve acompañado de un pequeño cuenco con nata fresca. Es nata de las vacas de su hija, que está en el valle con los animales. Dicen que ese café es una experiencia casi mística que no hay que perderse. Aunque es preciso tener un poco de paciencia, porque Berta es también muy lenta preparándolo.

8. Orsolina – Mes de agosto
   «Pintar girasoles.»

Orsolina es la pintora del pueblo. Pinta paisajes naturalistas y naturalezas muertas. No ha asistido a ninguna escuela ni hecho ningún curso, pero cuenta que cuando sus hijos se marcharon de casa se sintió un poco sola y perdida, y que, casualmente, vio una exposición de pintura en el ayuntamiento de Daone y les pidió que le compraran pinceles, pinturas y un pequeño lienzo. Desde entonces no ha parado. Le encanta pintar girasoles, y le gustaría aparecer en una foto mientras pinta en el salón de su casa. Es una habitación muy oscura, y es todo un misterio cómo puede ver algo allí dentro. Quizá por eso lleva unas gafas con gruesos cristales. Pinta siempre sentada porque tiene un problema en la cadera. En consecuencia, todos sus cuadros reflejan una perspectiva «desde abajo». El año pasado fue la ganadora del concurso de pintura que organiza el ayuntamiento, uno de los momentos más hermosos de su vida.

9. Teresa – Mes de septiembre
   «Enseñar a los niños.»

Teresa es una de las más jóvenes del grupo. Se jubiló hace poco, antes daba clases a los críos de primaria de Daone. Por eso quiere hacerse una foto mientras enseña a los niños, porque es lo que más le gusta y lo que más echa de menos. Propuso a las *Funne* hacer un calendario con fotografías de abuelas y nietos, pero la idea fue rechazada. Debido a su edad, las socias mayores del club aún no la han aceptado por completo y, en consecuencia, tampoco aceptan sus ideas. Le apasiona también todo lo relacionado con la cultura del sur del Tirol. Es probable que tenga familia en esa zona. Le gustan en especial los trajes típicos. Había pensado en salir en la foto con *Lederhosen* (pantalones de cuero). Le han denegado la propuesta.

10. Maria Rosa – Mes de octubre
«Ir de excursión con la autocaravana.»

Maria Rosa es la madre de Jury, el fotógrafo y *disc-jockey* guapo y joven del pueblo. Tiene la tez de un extraño color que tiende al marrón brillante y parece el resultado de una insolación de alta montaña. A Maria Rosa le encanta hacer excursiones con Jury. Con él comparte también otra pasión: su afición a las autocaravanas. Acaban de comprar una con los ahorros de toda una vida. Le han puesto de nombre *Halcón Rojo*. Maria Rosa tiene una bonita sonrisa. Es rubia y tiene los ojos azules, y recuerda también a Lady Di. Es indiscutiblemente la más joven del club; de hecho, acaban de expedirle el carnet de socia. Por eso no ha hablado mucho durante la reunión. El reglamento impone silencio a las nuevas socias en las primeras reuniones. Las novatadas de las ancianas a veces son crueles.

11. Caterina – Mes de noviembre
«Cocinar para mis nietos.»

Caterina tendrá... unos cien años. Su pelo es tan blanco que casi parece teñido. Además, se lo peina de manera que uno diría que intenta disimular cierta calvicie. Tiene la cara delgadísima, como si llevara años sin comer, pero lo cierto es que come a dos carrillos y que cocina con gusto. Caterina pasa mucho tiempo entre los fogones preparando sus especialidades para sus nietos, en particular los *canederli*. Sin embargo, su problema principal no es la delgadez, sino su tendencia a interpretar erróneamente lo que le dicen. De hecho, no ha entendido que vamos a hacer un calendario. Pensaba que le habíamos preguntado qué iba a hacer para comer.

12. Amalia – Mes de diciembre
«Estar en mi gallinero.»

Amalia es la más menuda. Es realmente diminuta, debe de medir un metro cuarenta. Tiene una carita de búho llena de arrugas que hacen sonreír, y una boca minúscula de donde las palabras salen tan pequeñas que no hay manera de oírlas ni verlas. Son pequeñas palabras de una pequeña *funna* que se pasa el día en el gallinero de su casa dando de comer a las gallinas. Le apasionan. Tanto que les ha puesto nombre a todas. Están Elena, Fabrizia, Caterina, que es una gallina rubia muy muy chiquitina... Y el gallo Beppo, que manda sobre todas ellas. Los huevos de las gallinas de Amalia son los mejores del pueblo. Lo dice incluso Valeria, la cocinera del restaurante El valle. Su gallinero saca de quicio a Carletto, el sacristán, porque según él las gallinas molestan al padre Artemio mientras dice misa. Amalia vive sola desde hace muchos años en una casa pequeñísima situada detrás de la sacristía. Tiene también un conejo, Rudy, pero hace una temporada que no se deja ver; al parecer, se ha ido de vacaciones, pero Amalia no sabe adónde.

OCTUBRE

9

La peluquería de señoras

En la peluquería de señoras no se hablaba de otra cosa, y tampoco en el resto del pueblo. La llegada de Massimo, el forastero del Jeep metalizado, había suscitado no poco interés, y todos se preguntaban qué estaba pasando en el Rododendro. La estrategia del boca a boca había funcionado tan bien que casi todo Daone estaba ya al corriente. El primer chismorreo quizá había partido, aquella mañana de casi otoño, precisamente de la peluquería (y cabía pensar que de Bergamina).

Erminia y Jolanda habían quedado en la peluquería, situada en pleno centro del pueblo, en la planta baja de la casa roja donde vivía Vitalina, para hablar del calendario, pero sobre todo para el acostumbrado marcado de pelo de los jueves. La peluquera, Sonia Migliorati, elegida varias veces peluquera del año —de hecho, era la única de Daone—, las esperaba con una gran sonrisa en el banco verde que había a la puerta del establecimiento.

En la iglesia, mientras tanto, el padre Artemio pedía información sobre las actividades del Rododendro a Carletto, el fiel sacristán, que era, junto con las *Funne* y el gato de Vitalina, el más inquieto del pueblo. Carletto, que en su vida había visto y hecho montones de cosas raras, caminaba de extremo a extremo de la nave, en respuesta a las insistentes preguntas del cura, tras haberse quitado su eterno gorro de lana azul, señal de que la situación era verdaderamente desesperada. Ni siquiera a él podría habérsele ocurrido una barbaridad del calibre de hacer un calendario. Y eso que había armado unas cuantas buenas en Daone, como aquella vez que, para fastidiar a los que practicaban pesca deportiva, había echado peces de goma en el lago de Morandino. Como le gustaba recordar, había nacido un viernes de Cuaresma, y a eso se debía su extraña relación con los peces. Y con los pescadores. El padre Artemio intentó de nuevo preguntarle qué tramaban sus feligresas, pero Carletto perdió de repente la concentración; le pasaba todos los días, cuando el gallo Beppo empezaba a «quiquiriquear» como un loco. No podía evitarlo, ese gallo lo sacaba de sus casillas. Entonces Carletto trató de imponerse al canto de Beppo alzando todavía más la voz, tanto que el padre Artemio, ante semejante delirio cantor, a fin de hacerlos callar a los dos tañó en persona las campanas para dar las once. Gabry, el director de la banda, que pasaba por casualidad por allí, al oír aquellos sonidos desafinados decidió ir a hablar del asunto con el padre Artemio. Tal vez las campanas necesitaban afinación. Para su banda, en cambio, hacía falta un milagro.

El sonido de las campanas desafinadas se estampó contra las cristaleras del bar El paraíso perdido, por lo general lleno de clientes. Algunos parroquianos se volvieron hacia la puerta en un intento por averiguar qué era aquel ruido estridente que hacía que la cabeza les diera vueltas, pero enseguida cayeron en la cuenta de que iban ya por la tercera ronda de vino blanco, así que reanudaron tranquilamente la conversación sobre esa disparatada idea que se les había metido entre ceja y ceja a las *Funne*, quienes, en opinión de todos, harían mucho mejor quedándose en casa haciendo calceta en vez de posar para un calendario. Los albañiles que habían interrumpido su trabajo para comer y estaban a punto de sentarse ante los costillares de Valeria en el restaurante El valle eran del mismo parecer. A lo largo de los entrantes y el primer plato hablaron sobre cómo iban a arreglárselas esas viejecitas para vender el calendario y, por otro lado, de quién iba a comprarlo, dada la edad de las modelos. Las risas, por desgracia, no faltaron. Después llegaron los costillares de Valeria y, ante ellos, era obligado permanecer en religioso silencio.

Mientras tanto, un grupo de pescadores entró en la panadería del pueblo, situada tres metros más abajo de la peluquería de señoras. No se sabe por qué, en Daone las licencias de pesca deportiva se entregaban desde siempre en la panadería. Nadie había entendido nunca qué vínculo había entre el pan y los peces. O quizá en el pasado alguien lo entendió y los multiplicó. El caso es que ni siquiera los pescadores deportivos se mostraron muy deportivos al hablar de las *Funne* y su calendario. Por suerte, sus comentarios solo los oyeron los pobres peces del lago de Morandino, que, tal vez por desesperación, aquel día picaron más fácilmente. Fue un excelente día de pesca.

De una opinión muy distinta era, en cambio, Marcello, el carnicero, aficionado a la fotografía, en especial a inmortalizar siluros. A Marcello no le parecía tan descabellada la idea de ese calendario: hacían bien las ancianas en querer salvar su club y esforzarse para conseguir dinero. Por otra parte, él podría ofrecerse para tomar las fotos, aunque quizá ya era demasiado tarde. De vez en cuando, Marcello sentía la necesidad de hacer algo creativo además de preparar salchichas.

Sin embargo, ningún representante del ayuntamiento había adoptado aún una postura sobre el asunto. Esa mañana llegó a la mesa del secretario municipal la solicitud escrita de las *Funne* para ocupar los espacios del club el once de octubre, a fin de celebrar una sesión extraordinaria del Rododendro. Y justo mientras Armida se reunía con sus amigas en la peluquería de Sonia, el secretario municipal, Alfredo, depositaba sobre otra mesa, la del alcalde, la peculiar petición de sus electoras.

Estaba claro que Daone al completo respiraba la energía chispeante de tan extraña idea y cada cual quería manifestar lo que pensaba de ella. ¿Por qué se les había antojado hacer un calendario? ¿Y de qué tipo? Además, ¿era admisible hacer semejantes cosas a esa edad?

Las primeras hojas doradas de los árboles revolotearon entre los pies de Armida, que caminaba siempre balanceándose un poco y mirando hacia arriba. De hecho, por poco no se dio de bruces con la puerta de la peluquería. Sus socias ya estaban bajo el secador.

—Hace un día de sol precioso, chicas. Casi parece que las estaciones vuelvan a ser como antes. Hoy, el otoño tiene todo el aspecto del otoño —dijo, tan encantada como de costumbre de abordar cuestiones meteorológicas.

—No empieces a decir cosas de vieja, Armida, que estamos hablando de asuntos serios. Aquí tengo la lista para el calendario que Massimo me ha dejado. Las fotos le parecen bien, pero las *Funne* que hemos elegido no encajan —dijo Erminia.

—¿Cómo que no? —preguntó, atónita, Armida—. Pero, Erminia, son las *Funne* del club. Tienen que encajar a la fuerza. Son nuestras socias, pagan la cuota de diez euros todos los años. ¿Acaso hay alguna que no tenga carnet?

—El problema no es el carnet, Armida, sino que algunas son demasiado jóvenes, eso es lo que no encaja —respondió Erminia.

—Compréndelo, Armida, es un calendario de las ancianas del pueblo. No podemos incluir a las jóvenes —intentó explicar Jolanda.

—Ya tendrán tiempo ellas de hacer un calendario. Este es el nuestro. Hay que hacer un *casting*, como dicen en la tele, para eliminar a las más jóvenes. No sé cómo vamos a decírselo, pero la lista será otra, está decidido. Massimo tiene que venir otra vez de la ciudad para hacer la lista buena —sentenció Erminia.

Nombre y edad de las *Funne* empezaron a resonar en el

aire cálido y húmedo de la peluquería de señoras. En la lejana ciudad, en ese momento una voz repetía en voz alta esos mismos nombres: la de Massimo. Tampoco él, esa mañana de otoño, hacía otra cosa que pensar en las *Funne* y el calendario. Parado ante el semáforo, sacó la lista de las fotos. Había algo que no lo convencía. De pronto se dio cuenta de lo que era. Decidió cambiar de planes y, en lugar de regresar al estudio, tomó la larga carretera llena de curvas en dirección a Daone. En la radio del Jeep sonaba una canción de los años ochenta, *Forever young*, de Alphaville.

10

El murmullo de los sueños

«Quiero ser por siempre joven, por siempre joven...»

Con la música todavía resonándole en la cabeza, Massimo suspiró y, alzando un poco la voz, tomó la palabra en la reunión que Erminia había convocado con carácter de urgencia en el club.

—Chicas, al revisar la lista de vuestras fotografías se me ha ocurrido una idea. Las que me habéis propuesto son bonitas, pero son fotos de cosas que hacéis todos los días, cosas que conocéis. ¿Y si, en vez de eso, os propongo un calendario que refleje lo que os gustaría hacer? Por decirlo de algún modo, que plasme lo que querríais ser de mayores. *Funne!* ¿Y si os pido que me reveléis un deseo, un sueño? —dijo Massimo, cada vez más emocionado.

Quizá ese día el fotógrafo también oyó el murmullo del mar. O quizá la Virgen de las Nieves le susurró algo al oído. La cuestión es que, mirando a aquellas mujeres, Massimo comprendió que albergaban en su interior muchos deseos, la mayor parte de ellos no expresados. Pese a la edad, la viudez, el aislamiento, la sordera y los achaques, pretendían echar un vistazo a las estrellas antes de que les llegase la hora de ascender al cielo, porque no se puede envejecer sin una razón. Quizá había sido precisamente esa vida allí arriba, en el frío valle, lo que las había endurecido y, al mismo tiempo, las había mantenido vivas por dentro. En sus corazones latían deseos y sueños, guardados desde hacía tantos años como los que esas montañas tenían. Tal vez había llegado el momento de expresarlo, de mostrar todos aquellos deseos. Realmente los sueños de las almas nobles, ocultos durante siglos en esa gruta mágica de las entrañas de la tierra, ahora emprenderían por fin el vuelo como las hojas doradas por las callejuelas de Daone.

Por primera vez, en la sala del Rododendro nadie hizo ruido. Bien al contrario, se extendió un ruidoso silencio. A lo lejos, el murmullo del mar, pero mezclado con un nuevo murmullo, el de los sueños.

Pero ¿cómo suena el murmullo de los sueños cuando deciden de golpe salir en tromba de ti?

¿Cómo suena el murmullo de los sueños cuando no sabías que los tenías y, de repente, alguien te pide que los cuentes?

Sueños reprimidos, olvidados, adormecidos, negados, sueños que, al recordarlos, deciden salir. Es un murmullo indescriptible. Recuerda el sonido de la guata al aplastarla, el de la miel al caer lentamente, el de los merengues cuando los estrujan unas manos pequeñas. Recuerda el sonido centenario de un órgano marino en una isla perdida al otro lado del mundo, cuando las olas entran en esos tubos naturales que son las conchas y crean música. El murmullo del mar.

Exacto, ese era el sonido que se acercaba más al murmullo de los sueños. Seguro que, todos mezclados, los murmullos de esos sueños despedían un perfume a mar y montes. A polenta y bacalao.

Ese jueves de otoño, en la sala del Rododendro se produjo revuelo e incomodidad. Alegría y temor. A algunas *Funne* incluso les faltó la respiración, y hubo quien se preocupó, porque, a su edad, no respirar era un poco peligroso. Jamás en la vida nadie les había pedido que pensaran en un deseo y mucho menos que lo expresaran y lo compartieran.

Pero... entonces ¿de verdad era Massimo el hombre de los sueños? Él también oyó el murmullo del sueño que eclosionó de forma distinta en cada una de las *Funne*. Algunas lo expresaron casi gritando, con una felicidad nunca experimentada; otras, en cambio, lo hicieron poco a poco, tuvieron que reflexionar un buen rato, porque nunca habían pensado en ello. Y otras, por último, lo dijeron en voz baja, susurrando, quizá porque revelarlo era pecado.

11

Las doce marías

Lo que se reproduce a continuación es la lista inédita que escribió Massimo, el fotógrafo, con el título «Lista de los sueños», es decir, la lista de esos trece deseos que las improvisadas *calendar girls* de Daone expresaron. Pero ¿cómo podían ser trece *calendar girls*, si todos los calendarios reflejaban los doce meses del año? ¿Acaso en Daone existía uno más? Los daoneses respondieron que no. No, simplemente había un sueño más, o quizá hubiera muchos más, pero, en cualquier caso, esa mañana solo había doce *Funne* en el club y el decimotercer sueño no era sino la foto de uno colectivo: la imagen de todas ellas juntas en la playa, con los pies en el agua.

Así pues, por decisión unánime, el calendario de las *calendar girls* de Daone tendría un mes más, porque, después de todo, se lo merecían.

La lista recoge también las sustituciones que la presidenta y el comité de las más ancianas del club Rododendro impusieron.

LISTA 2. «Lo que me gustaría hacer»

1. Erminia – Mes de enero
   «Casarme con un millonario.»

El sueño de Erminia es casarse con un millonario. Pero con uno de verdad. Que la lleve de viaje por todo el mundo. Se divorciaría enseguida.

2. Jolanda – Mes de febrero
   «Cabalgar en un rancho en Estados Unidos.»

Jolanda sueña con montar a caballo en uno de esos ranchos estadounidenses que se ven en la tele. Quizá con uno de esos sombreros grandes de vaquero, en este caso de vaquera.

3. Armida – Mes de marzo
   «Hacer un crucero.»

El sueño de Armida es hacer un largo crucero. Quizá en aquel barco de *Vacaciones en el mar*, el *Love Boat* (que ella pronuncia tal cual se lee, con todas las letras). Si estuviera también el capitán de la popular serie televisiva, sería maravilloso, aunque tenía poco pelo.

4. Vitalina – Mes de abril
   «Ser productora de conservas caseras.»

El sueño de Vitalina es convertirse en una gran productora de conservas y mermeladas. La mejor de todo Daone. Así podría preparar un montón de tarros para su hijo, cuando viene de Suiza a verla.

5. Irma – Mes de mayo
«Ir a Lourdes.»

El sueño de Irma es ir a Lourdes. Aunque está indecisa entre Lourdes y Roma, donde vería al Papa. Era también el sueño de su difunto marido. Desgraciadamente, él, en lugar de en Lourdes, «ha acabado en el cementerio», dice Irma un poco molesta.

6. Enrichetta – Mes de junio
«Ir en autocar a Londres.»

El sueño de Enrichetta es ir en autocar a Londres. El trayecto de Daone a Londres es largo, pero a ella viajar en autocar no le cansa. En Londres quiere subir en uno de esos autobuses de dos pisos, con un fular alrededor del cuello, y hacer como si fuese Lady Di.

7. Berta – Mes de julio
«Preparar café.»

Sustituida por Valeria, a quien le gustaría: «Ser la ganadora de un programa de la tele para ir a Australia».

Berta se ha retirado. Se le ha roto la cafetera. Valeria, la cocinera del restaurante El valle, ha sido propuesta para ocupar su puesto. El sueño de Valeria es ganar el programa televisivo de las «cajas», *Affari tuoi.* Necesita el dinero para ir a Australia y seguir las huellas de los antiguos buscadores de oro en la región del Klondike. El hecho de que el Klondike no se encuentre en Australia no parece interesarle.

8. Orsolina – Mes de agosto
«Exponer en el Louvre.»
El sueño de Orsolina, como el de todo pintor, naturalista o no, es exponer en una gran galería de arte o en un museo. El Louvre (que ella pronuncia de forma absolutamente correcta) le parece el lugar más adecuado.

9. Teresa – Mes de septiembre
«Enseñar a los niños.»
Sustituida por Valentina, a quien le gustaría: «Ser diseñadora».

A Teresa la han sustituido. Es demasiado joven, lamentablemente. Su lugar lo ocupa la menos joven Valentina, cuyo sueño es confeccionar jerséis a mano. Su pasión son las *vicie* (agujas de hacer punto, en daonés). Quizá un día pueda volver a abrir el taller de géneros de punto de Daone y convertirse en una *fashion blogger* para influir en las tendencias del pueblo en cuestiones de moda.

10. Chiara – Mes de octubre
«Bailar un vals en Viena.»
A Maria Rosa la han sustituido. Es demasiado joven, todavía más que Teresa. Además, acaba de comprar la autocaravana. Para ocupar su puesto han elegido a Chiara. Su sueño siempre ha sido ponerse un vestido de fiesta como los de la princesa Sissi para ir a un gran baile en Viena. Quizá con un apuesto acompañante, más joven que su marido.

11. Caterina – Mes de noviembre
«Cocinar para mis nietos.»

Retirada a causa de un malentendido y sustituida por Zita, a quien le gustaría: «Ir a Nueva Zelanda».

Caterina se ha retirado. No había entendido de qué iba esto... o lo había comprendido mal. En su lugar se ha incorporado a la lista Zita, hermana de Jolanda. El sueño de Zita es ir a Nueva Zelanda. Por el rugby, los paisajes increíbles, los maoríes..., pero, sobre todo, porque echa de menos a su hija, quien, no se sabe por qué, se ha ido a vivir allí.

12. Amalia – Mes de diciembre
«Ir a las Américas.»

El sueño de Amalia es hacer un largo viaje a «las Américas», como ella dice, posiblemente en globo, porque le fascina esa película antigua titulada *La vuelta al mundo en ochenta días*. Le encantaría ir a las Américas porque allí emigraron sus abuelos. Le gustaría ir en busca de sus raíces más allá de Daone, pero no sabe a quién dejarle las gallinas y tiene miedo de que Carletto haga daño al gallo Beppo.

13. Última foto: la de todas las *calendar girls* juntas en la playa, con los pies en el agua.

Quién sabe dónde, cuándo e incluso si alguna vez ese sueño conjunto se hará realidad. Habrá que rezar con más insistencia a la Virgen de las Nieves. «¡Pero ese día que no haga nevar!», dicen.

NOVIEMBRE

12

Y no nos dejes caer en la tentación

Los días previos a la sesión fotográfica estuvieron presididos por la excitación y la confusión. El pueblo, a esas alturas, ya estaba dividido en dos facciones. En favor y en contra del calendario. Se rumoreaba que en el bar El paraíso perdido hasta se habían hecho apuestas sobre cuáles eran las *Funne* seleccionadas. La peluquería de señoras también había propuesto su lista de *calendar girls*, pero Sonia no disponía de suficientes indicios para resolver el misterio, porque casi todas las mujeres de Daone habían solicitado hora para marcarse el pelo. En cambio, Marcello, el carnicero, había vuelto a concentrarse en las salchichas, con la moral un poco baja porque no lo habían elegido como fotógrafo. Pese a todo, no tardaría en subirle, pues, con el inminente comienzo de la temporada de caza, empezaría para él la temporada de las salchichas de ciervo. En las callejuelas blancas y habitualmente desiertas había un ajetreo insólito de *Funne* que iban de una vivienda a otra para intercambiar consejos y ayuda. Todo debía estar a punto para el día de la sesión de fotos, era necesario asegurarse de que cada *funna* había preparado lo mejor posible su sueño. Massimo había dado instrucciones claras al respecto: debían traer consigo un objeto particularmente simbólico. Pero Valentina, a causa del nerviosismo, había perdido las agujas de hacer punto, así que fue a casa de Irma, que también tenía de las buenas. Vitalina, por su parte, fue a casa de Armida a enseñarle los cucharones para las conservas, puesto que en el pueblo era una autoridad en la materia y sabría aconsejarla mejor que nadie. Jolanda pidió prestado a Franco Ciccio un sombrero de vaquero, de esos de cuero marrón claro con cordones bajo la barbilla. Le sentaba bien y, además, combinaba de maravilla con los botines marrones que llevaba casi todos los días porque tenían un tacón comodísimo. Hubo asimismo un momento de pánico general, ya que el gallo Beppo se mostró bastante reacio a acompañar a Amalia y, en especial, a dejarse fotografiar. No obstante, el problema principal e irresoluble por desgracia era el de Erminia: ¿cómo encontrar un millonario en Daone?

No es que en el pueblo abundaran los hombres, hay que decirlo, así que millonarios ni te cuento. Aparte de los obreros que durante la posguerra habían llegado de toda Italia al valle para trabajar en la construcción de las grandes presas de los embalses y las centrales hidroeléctricas, y de los aventureros aficionados a ir montaña arriba, había muy pocos hombres. Y, además, los que había, o estaban casados o se dedicaban a otras aficiones. La mayoría de los maridos de las *Funne*, como se ha explicado, habían pasado a mejor vida hacía unos años. Los dos que aún vivían, el de Erminia y el de Chiara, observaban con bastante fastidio desde el sofá a sus mujeres, particularmente alteradas en los últimos tiempos y, sobre todo, sin ningún interés en preparar la cena.

El padre Artemio, en cambio, observaba desde el interior luminoso de la iglesia del siglo XVII el turbulento ir y venir de las *Funne*. Había demasiada excitación en el ambiente y eso no le sentaba bien al pueblo. Así que el domingo decidió decir cuatro cosas al respecto en la homilía y, para amonestar a las *Funne* por sus nuevas pasiones, eligió un pasaje de la primera Epístola de Pedro: «Dios resiste a los soberbios y da su gracia a los humildes», tronó desde el púlpito. Luego, sin embargo, recordando que la Iglesia también hace posar a sus sacerdotes para un calendario, añadió: «Recuerdo a toda la comunidad esta noble iniciativa que están sacando adelante nuestras pías mujeres. Pero confío, *Funne*, en que no os distraiga de vuestros deberes domésticos».

Carletto, que había entrado en escena para recoger las limosnas con una pequeña cesta en el extremo de un largo palo, notó que ese domingo, en la iglesia, los sueños hacían vibrar el aire más que las plegarias. En un momento dado, incapaz de seguir soportando el murmullo quedo, se le escapó una pregunta en voz alta dirigida a san Bartolomé:

—Oye, Barto, pero ¿se puede saber en qué están pensando hoy estas abuelas? ¿Algo no va bien?

«Carletto, no te preocupes —le respondió el santo—, ya sabes que de vez en cuando oyes cosas que no existen.

Tranquilo, que todo va bien. Mejor reza para que consigamos dinero con el que arreglar mi imagen, que desde la procesión está un poco perjudicada por el lado derecho. Las ancianitas siempre han sido devotas, son buenas mujeres, así que, calma, Carletto. Aun así, mira a esas dos del fondo, las que están junto a la puerta. Hace tres domingos que no ponen nada en la cesta.»

—Dios te salve, María, llena eres de gracia, el Señor es contigo, bendita tú eres entre todas las mujeres y bendito es el fruto de tu vientre, Jesús. Santa María, madre de Dios, ruega por nosotros, pecadores, y ruega para que me elijan para el calendario —dijo, rezando, una de las *Funne*.

—María, Señora de las alturas más sublimes, enséñanos a escalar la sagrada montaña que es Jesucristo. Enséñanos a mirar hacia lo alto para no perder de vista la meta final de nuestra vida: la comunión eterna con el Padre, el Hijo y el Espíritu Santo. Amén. Y te lo ruego, María, haz que no me sustituyan por culpa de ese maldito adoquín —murmuró Armida.

Y, por fin, el día de la sesión de fotos llegó.

13

Una nube de polvos de tocador

«Estamos hechos del mismo material que los sueños», pensó Massimo la mañana de la sesión de fotos mientras se dirigía al Rododendro. Después pensó en las facciones de Armida y cambió de idea. Por fin había llegado el gran día y dentro de poco el club de jubilados de Daone se transformaría en un set digno de la Semana de la Moda de Milán.

El equipo artístico, compuesto por fotógrafo, ayudante, maquilladora y escenógrafo, bajó con paso solemne del Jeep metalizado, aparcado enfrente de la puerta principal del ayuntamiento.

Mientras preparaban el set, las *Funne* llegaban de una en una, siguiendo el orden que Erminia había establecido. El nerviosismo era tal que a algunas se les olvidó llevar los objetos que habían preparado, mientras que otras llegaron con retraso porque no habían podido pegar ojo en toda la noche. Ni siquiera el día de la boda de sus hijos se habían sentido tan emocionadas.

Luces, focos, paneles, trípodes y cámaras de fotos se habían transportado hasta el club, pero lo que más había despertado la curiosidad de las *Funne* era un espejo enorme rodeado de bombillas. Aun sin saber para qué servía, se sintieron instintivamente atraídas por él, como viejas palomillas. En un rincón de la sala estaban montando la zona de maquillaje. Lucia, la maquilladora, había puesto sobre un pupitre azul de la escuela de primaria todo tipo de bases, coloretes y sombras para hacer que las modelos resultaran todavía más fascinantes. Nunca se había visto luz más hermosa que la del gran espejo que restituiría la imagen de las *Funne* después de que las maquillaran. Una luz mágica, de pura belleza.

Aquel día, esa luz sería toda para ellas. Estaría sobre ellas. Y por una vez en la vida, para algunas la primera y la última, una nube de polvos de tocador acariciaría, haciéndoles cosquillas, su rostro; una capa de carmín encendería sus labios; otra de rímel negro daría todavía más intensidad a su mirada. Por primera vez, un polvo mágico caería suavemente sobre sus mejillas y haría que fueran bellas, muy bellas, más que en toda su vida. Más de lo que ninguna de ellas podría siquiera imaginar.

—«Qué me importa a mí si no soy bella, mi amor es pintor y me pintará como una estrella, qué me importa a mí si no soy bella...» —se puso a cantar Irma, acompañada de Erminia, mientras se sentaba frente a la mesa de maquillaje.

—¡Virgen santa, Irma! —exclamó Erminia—. Estás guapísima. ¿Tú te habías maquillado alguna vez? ¿El día de tu boda?

—¡Pero qué dices! ¡Por el amor de Dios! Si en 1951 ni

siquiera sabíamos lo que era el maquillaje —respondió Irma riendo.

—Nosotros nos vamos a Lourdes haciendo autostop —intervino Massimo, que invitaba así a Irma a acercarse al panel blanco preparado para las fotos.

—¡Pero solo con el pensamiento! —precisó la aludida.

—Debe sujetar esta caja bajo el brazo y estirar el pulgar como si estuviera haciendo autostop —explicó Massimo en tono profesional—. Póngase aquí, delante del panel, y mire hacia el objetivo mientras disparo. —Al ver la expresión un poco ceñuda de su modelo, añadió—: Vamos a Lourdes, Irma, eso merece una sonrisa.

—Pero, por lo que se dice en las oraciones, en Lourdes son serios —replicó ella.

Y así comenzó la tímida Irma aquel día especial de luz y maquillaje, de fotos y sueños, y sobre todo de risas desbordantes.

Todo tenía tintes oníricos. Erminia, en busca de su millonario, se sintió tan seductora con aquel carmín rojo fuego que no tuvo ninguna duda de que lo encontraría. Jolanda, tocándose la cara delante del espejo, se quitó una decena de años de lo guapa que se vio y no pudo contener su alegría. «¡Yujuuu!», gritó frente a la cámara fotográfica mientras lanzaba al aire el sombrero de vaquero, siguiendo como una modelo de las de verdad las indicaciones de Massimo. Vitalina casi emocionó a la maquilladora cuando, con la misma dulzura en la mirada que su gato, le dio las gracias por lo mucho que la había transformado. Mientras posaba con los cucharones en la mano delante del panel blanco, parecía que viera tomates y berenjenas gigantes colgando sobre su cabeza. Las *Funne* estaban realmente en el país de las maravillas. Volaron de verdad hasta Australia, vieron canguros y se hundieron en enormes marañas de lana. Orsolina se vio a sí misma enmarcada y expuesta, y Amalia trepó por una escalerilla para montar con el gallo Beppo en su globo aerostático rumbo a las Américas.

Y así transcurrió el día entre los destellos blancos y veloces del flash, que, si bien casi asustaron a las *Funne*, las inmortalizarían. Y quizá, como dijo una de ellas, alguien pondría aquella foto en su lápida.

—Nunca habría pensado estas cosas, a mi edad, con la vida que he llevado... Vamos, ni soñarlo... —dijo tímidamente Valentina.

Y sí, Valentina tenía toda la razón. Por primera vez, después de toda una vida de esfuerzos, aquellas mujeres hacían algo para ellas mismas, solo para ellas mismas. A una edad en la que a nadie se le pide que sueñe. Lo cierto es que muchas de ellas regresaron al hogar con la belleza puesta. Durante ese día, por el pueblo y en su casa, las *Funne* fueron miradas y se miraron con otros ojos.

Solo faltaba Armida, sería la última en posar y luego podría enviarse el calendario de los sueños a la imprenta. Massimo empezó a preocuparse de verdad por aquel retraso, no era propio de ella. ¿Acaso había cambiado de idea? ¿Precisamente ella? ¿Por culpa de ese adoquín? ¿O es que se había ido al mar ella sola?

Pero, para saber dónde estaba Armida, debemos volver atrás unas semanas.

14

Ese maldito adoquín

Desde pequeña, Armida tenía tendencia a andar con la nariz hacia arriba. Se lo había enseñado su madre. Le pasara lo que le pasara, ante cualquier adversidad, Armida debía caminar levantando la nariz, siempre con la cabeza bien alta, dirigiendo la mirada hacia el cielo. Eso le había enseñado su madre, aunque se le había olvidado decirle que, de todas formas, no mirar dónde se ponen los pies podía ser peligroso. A pesar de que sus amigas *Funne* le habían advertido acerca de los riesgos de esa extraña manera suya de andar alzando la nariz, esa mañana Armida tropezó. Cayó boca abajo en la calle principal de Daone e impactó de cara contra un adoquín que sobresalía. Se dio tal batacazo que lo oyeron incluso en el restaurante El valle. Y fue precisamente Valeria quien pidió ayuda. La bonita nariz hacia arriba de Armida se encontró de improviso, ese viernes por la mañana, achatada hacia abajo contra el pavimento de adoquines, delante de la iglesia.

—¡Virgen santísima! —exclamó Armida—. ¡Cómo me duele la nariz! ¿Me la habré roto?

Armida hacía reír incluso cuando había motivos para llorar. Tal vez a causa de sus hechuras, de su manera de hablar tan sonora y, esa mañana, de su nariz rota hacia abajo.

—¡Toda la culpa la tiene ese maldito adoquín! —exclamó dirigiéndose a todos cuantos habían acudido a socorrerla.

En el grupo se hallaba también Moser, el encargado de mantenimiento de la corporación municipal, y entre él y don Bruno la levantaron a pulso. No era fácil levantar a Armida; digamos que su dieta no era precisamente hipocalórica, aunque todos los días hacía diez minutos de bicicleta para mantenerse en forma. Pero, por desgracia, su forma redondeada no había logrado amortiguar el golpe de la caída.

—¡La culpa es de ese maldito adoquín! —exclamó de nuevo—. Demandaré al ayuntamiento. No se puede consentir que sobresalga tanto un adoquín en la calle que lleva a la iglesia, es peligroso —prosiguió, un poquito alterada.

En cuanto la pusieron en pie, Armida se quejó de que le dolía también la pierna derecha. Preocupada, pese a estar en medio de la calle, expuesta a la mirada de todos, se bajó los pantalones: un enorme cardenal azulado se extendía en círculos concéntricos en uno de sus voluminosos muslos, que poco sol habían visto en la vida. Rápido, hacía falta un médico urgentemente.

El médico del pueblo, Carmelo, hijo de Enrichetta, no tuvo dudas sobre el diagnóstico después de visitar a la paciente: Armida tenía fracturada su bonita nariz. Debía guardar reposo absoluto y, sobre todo, evitar otra caída. Así pues, le prescribió quince días de quietud en casa y le prohibió tajantemente salir de paseo. Solo así podría curarse la nariz rota. Sin moverse. Como excepción, se le permitía el rato habitual que dedicaba a hacer pasatiempos de *La Settimana Enigmistica*, con la condición de que llevara muchísimo cuidado.

Antes de que el médico hubiera tenido tiempo de regresar a casa, sus amigas Erminia y Jolanda estaban llamando al interfono para informarse de lo que había pasado. Al oír el timbre, Armida abrió la puerta con una inesperada y amplia sonrisa, solo comparable al enorme trozo de esparadrapo que destacaba en el centro de su nariz, la cual prácticamente no se veía.

—¿A que estoy guapa? —exclamó, y parecía contenta—. Tengo la nariz rota, y hasta el médico ha afirmado que ha sido por culpa de ese maldito adoquín. Pienso decirle al alcalde que debe aplanar con la apisonadora las calles del pueblo, pues es peligroso, ¿o no?

Sus amigas, sinceramente preocupadas, pidieron explicaciones más detalladas sobre el incidente y se sentaron a charlar en torno a la mesa de la cocina. En realidad, lo que le preocupaba a Erminia guardaba relación con otra cosa.

—Oye, Armida, siento decírtelo, pero con esa nariz no puedes salir en el calendario. Tienes toda la cara amoratada. Creo que alguien debe sustituirte —dijo a las bravas la presidenta.

Esta Erminia era diabólica, a veces no tenía corazón.

Mira cuál era su verdadera preocupación en un momento así: el calendario. Por lo demás, esa nariz estaba realmente amoratada y se hinchaba a ojos vista. El calendario estaba por encima de todo. Incluso por encima de la nariz de Armida.

—De eso nada, querida Erminia —replicó de inmediato y con energía la interesada—. Vosotras no me sustituyáis, ¿vale? Que lo decida el fotógrafo. Me ponéis unos días entre paréntesis y luego ya veremos qué dice Massimo. El maquillaje obra milagros, ¿sabes, Erminia?

Aquel encuentro con sus amigas entristeció no poco a la pobre Armida, que las despidió apresuradamente y sin ofrecerles tiramisú, y eso que lo había preparado justo ese día. Desde 1973, cuando las tres habían discutido debido a los acostumbrados recelos sobre la pesada de la leña, Armida no les negaba su tiramisú. Durante los días siguientes, mientras las calles del pueblo se cubrían de una ligera escarcha, ellas también se enfriaron un poco. Y así fue como en la misa del domingo de Todos los Santos, mientras las mariposas colocadas dentro de conchas de caracol, según una antigua costumbre de Daone, iluminaban el coro de mujeres que rezaban, Armida se dirigió a la Virgen de las Nieves para pedirle ayuda.

—María, Señora de las alturas más sublimes, enséñanos a escalar la sagrada montaña que es Jesucristo. Enséñanos a mirar hacia lo alto para no perder de vista la meta final de nuestra vida: la comunión eterna con el Padre, el Hijo y el Espíritu Santo. Amén. Y te lo ruego, María, haz que no me sustituyan por culpa de ese maldito adoquín.

—¿Sustituirte por qué? —oyó Armida que le preguntaban, y casi brincó del susto.

Por detrás del último banco de la iglesia apareció Carletto, que estaba recogiendo las limosnas y ese día, durante la misa, andaba a la caza y captura de sueños y plegarias entre las *Funne*.

Los días anteriores a la sesión fotográfica transcurrieron para Armida en un clima de ligera escarcha. Pidió ayuda a Sonia, la peluquera, a fin de encontrar un maquillaje adecuado para cubrir la marca amarillenta que se extendía poco a poco por su nariz. Después pidió ayuda al doctor Carmelo, el cual le prescribió compresas de hielo con romero, según una receta de su cosecha. Nada. La hinchazón no desaparecía, mientras que los días pasaban raudos como el viento. El único que podría ayudarla era Massimo. Entre otras cosas porque, si no lo hacía, se lo comería a cachitos, le dijo un día Armida a Vitalina.

—¡Es verdad, Armida, Massimo está para comérselo! —contestó riendo Vitalina.

Al final, el día de la sesión fotográfica llegó también para Armida. Pasó una noche inquieta y solitaria. No paró de dar vueltas en la cama, a causa asimismo de los dolores. Hasta que se acordó de los consejos de su madre sobre esos andares dignos frente a los problemas de la vida y, durante el noticiario de las seis de la mañana, decidió que a la porra la nariz, que la tuviera como la tuviera iría a que la fotografiaran. E inmediatamente se quedó dormida.

Unas horas más tarde, enfundada en un ajustado suéter rosa carne hecho a mano en el taller de Irene, Armida entró en el Rododendro con un considerable retraso a causa de aquel ataque de sueño. Iba vestida de fiesta y lucía un marcado de pelo perfecto, pero nada de tinte, porque las octogenarias que se tiñen el pelo hacen el ridículo, decía a menudo.

Erminia y Jolanda se quedaron de piedra, no habrían apostado un euro por su aparición ese día. En el bar El paraíso perdido, después de la caída sobre el adoquín, las apuestas estaban diez a uno.

Sin embargo, Armida llegó por sorpresa con unas maneras tan dignas que la nariz, pese a todo, volvió a levantársele.

Massimo la recibió con una reverencia y un beso en la mano. Aunque habían intentado que no resultara evidente, estaba claro que la relación entre ambos era especial. Lo demostraba el recipiente de vidrio lleno de tiramisú que Armida había preparado exclusivamente para él.

—¡Armida, menos mal! —exclamó Massimo al verla—. Estaba preocupado. Sin ti no habría podido hacer el calendario —dijo, y le tendió una florecita silvestre que había cogido en el pueblo para ella—. Me enteré de la caída y no quería forzarte a venir hoy, pero habría esperado incluso un mes. Sin ti, no habría sido el calendario de los sueños.

Erminia y Jolanda observaron la escena con una punzada de celos. Aquel incidente le había regalado a Armida un momento de ensoñación que olía a rosas rojas.

Y así fue como Massimo la condujo de la mano hasta el

mar. Aún no lo vería ni lo tocaría, pero podría sentirlo a lo lejos a bordo de su *Love Boat*. Aunque Massimo no era tan guapo como el capitán de la serie televisiva, estaba calvo como él.

—Y es guapo —dijo Armida mirando al fotógrafo, detrás de la cámara.

Sí, Massimo era muy guapo.

Al final, Erminia, Jolanda y Armida se dieron un cálido abrazo. Las dos primeras pidieron en cierto modo disculpas a su amiga y Massimo tomó una foto especial de las tres juntas. Ya se sabe que, a esa edad, como les pasa a los niños, las peleas y los desacuerdos duran muy poco. No hay tiempo que perder, hay cosas que hacer, hay que jugar, hay que bromear.

—¡*Funne*, lo hemos conseguido! ¡Hemos hecho el calendario, habéis venido todas! Hasta Irma, con lo tímida que es. ¿Y habéis visto el maletón que llevaba? ¡Ni que se fuera a Lourdes de verdad! —dijo Erminia.

—¡Venga, venga, no seamos malas! —exclamó Jolanda con tal alegría y en un tono de voz tan alto que, nada más decirlo, se le subieron los colores a la cara.

—¡Fíjate, Massimo! ¡Parecemos las Tres Marías! —dijo Jolanda.

—¡Qué va! —replicó Armida—. Parecemos más bien las Hermanas Bandiera.*

* Sorelle Bandiera fue un trío cómico y musical italiano, formado por tres hombres travestidos de mujer, cuyo lanzamiento artístico tuvo lugar en un programa televisivo en la década de los setenta. *(N. de la T.)*

DICIEMBRE

15

El Menú de los Gigantes

Durante aquellos días de espera mientras llegaba el calendario, fuera uno a donde fuese, encontraba a varias *Funne* que, mano sobre mano y con la mirada perdida, se entretenían moviendo los pulgares el uno alrededor del otro, quizá fingiendo que pasaban las cuentas del rosario. Había un grupito en la iglesia, en el segundo banco de la derecha; dos en la peluquería; tres sentadas en el banco que estaba junto a la puerta del ayuntamiento, y otras tres en la carnicería de Marcello, quien había puesto unas sillas para los clientes que debían aguardar su turno cuando había cola.

La espera del calendario había creado un vacío difícil de llenar. Las *Funne* ya ni se acordaban de cómo era su vida antes de aquella fascinante experiencia y, francamente, no sabían qué hacer. Una mezcla de aburrimiento y nerviosismo se adueñó de las socias del Rododendro, a tal punto que tuvieron que organizar un torneo de brisca fuera de programa para serenar los ánimos. Aquellos días los carajillos estuvieron más cargados de lo habitual. En cuanto a Erminia, la impaciencia estaba a punto de volverla loca, así que, como tenía por costumbre, reaccionó ante un problema creándose otro: organizar, con el dinero recaudado gracias a la venta de las tartas, la comida anual para conmemorar el vigésimo aniversario del club.

En Daone comenzaba a respirarse la atmósfera navideña mientras Moser colgaba los primeros adornos luminosos de los postes de la luz. Era el momento ideal para la celebración. Además, a la comida asistirían los ciento veinticinco inscritos y las *Funne* podrían invitar a las personalidades del valle. ¿Qué mejor ocasión para promocionar el calendario e impulsar su venta?

Al objeto de organizar la gran fiesta y empezar a planificar las estrategias de marketing, el gran consejo de las *Funne* se reunió una gélida tarde, hacia las cinco, en el restaurante El valle. Una elección un tanto cruel, a decir verdad, puesto que el restaurante de Valeria no tenía cabida para todos los inscritos y, por lo tanto, la comida se celebraría en el único establecimiento rival de la zona, el hotel-restaurante Da Bianca.

Bianca, que además de ser un hotel-restaurante era una señora blanca de pies a cabeza, cabello incluido, que rondaba los cien años, no hacía costillar de ciervo, como Valeria, pero tenía sus especialidades: caracoles con salsa agridulce y ranas fritas. En el pueblo, algunos afirmaban que la tradición daonesa de utilizar las conchas de caracol como lamparillas en los festejos de Todos los Santos había nacido con la finalidad de aprovechar la enorme cantidad de restos que generaba el restaurante. Bianca regentaba junto con su hijo el establecimiento, del que todo el mundo hablaba muy bien, aunque no era fácil hacer reservas porque la línea telefónica no llegaba hasta allí. Pero, si tenías suerte y conseguías mesa, la experiencia era de las que dejan huella. Se decía que después de comer en el Da Bianca era imposible regresar al pueblo o a la ciudad. El hotel-restaurante ofrecía dos soluciones: tumbarse panza arriba sobre el césped que se extendía delante, a la sombra del pino Diego Volpi, bautizado con ese nombre en honor de uno de los mineros caídos en el valle, con una copa de buena grappa aromatizada con pino negro como digestivo, o, si no, solicitar directamente una habitación en la planta de arriba para hacer una larga, necesaria, obligada siesta. Cualquier otra actividad después de la comida estaba prohibida y, por consiguiente, no era factible.

El menú degustación, compuesto de dieciséis platos («pequeñas muestras de todo», según los propietarios), se llamaba Menú de los Gigantes o Menú de Franco Ciccio, porque el jefe de los bomberos era el único del pueblo que había conseguido terminárselo, y es que las raciones superaban con creces cualquier norma establecida. Se empezaba con los legendarios caracoles acompañados de una salsa de limón y jengibre, para llegar a la espectacular combinación de sabores de las ranas fritas, especialidad de Bianca que se servía con una mezcla de especias secreta.

Evidentemente, en el Da Bianca se ofrecían también los tres tipos de polenta y una variedad de carnes que quizá superaba la del El valle: estofado de ciervo y gamuza, chuletas de cerdo, medallones de lomo de cerdo y costillar de cerdo. El hijo de Bianca, Nicola, los criaba justo detrás del restaurante y, si llegabas con tiempo, podías elegir qué tipo de cerdo querías que te prepararan. Los primeros platos eran, por supuesto, una fiesta de colesterol. La oferta variaba entre *pappardelle* con ragú de liebre o *tortellini* con nata, jamón ahumado y nueces, *tagliatelle* con setas o *ravioloni* con faisán.

Pero las verduritas agridulces de Bianca seguían siendo, por lo que decían todos los afortunados que las habían probado, su especialidad más asombrosa. En cuanto te metías en la boca una de aquellas diminutas zanahorias o cebollitas, te sentías transportar en un abrir y cerrar de ojos a la mesa de la cocina de tu abuela, a la que a duras penas llegabas de lo renacuajo que eras. Olían a cuentos y leña ardiendo, a heno y bayas.

El gran consejo de las *Funne*, después de haber acordado el precio para el Menú de los Gigantes con algunos recortes en los platos —si lo hubieran cogido todo, no habrían tenido suficiente dinero, si bien lo más preocupante era que nadie habría podido regresar a casa por la tarde—, decidió que organizaría un pequeño bingo con premios para los socios del club. Había que pensar también en la música. Pero en eso la elección fue fácil y recayó en Jury, el DJ del pueblo, quien desde hacía unos años ocupaba el puesto del viejo acordeonista, el cual bebía un poco más de la cuenta y a mitad de la fiesta se quedaba como un tronco en un rincón de la sala. El drama fue decidir si habría tarta para el vigésimo aniversario del Rododendro y a quién le correspondería la ardua tarea de hacerla. La pastelería de Daone había cerrado hacía mucho, de modo que, para equilibrar la balanza, decidieron encargársela a Valeria. En el fondo, no habían cometido una injusticia con ella al organizar la comida en el restaurante de Bianca. Valeria también tenía derecho a que de vez en cuando la sirvieran. Porque aquellas mujeres habían preparado muchas comidas y cenas en su vida, y se merecían ese banquete.

Resueltas las últimas cuestiones organizativas, las *Funne* colgaron en el tablón del ayuntamiento el anuncio de la comida. De ese modo, se ahorraban el envío de las invitaciones y, por añadidura, un poco de dinero.

> Sábado, 1 de diciembre:
>
> A las 12.00 h se celebrará una comida de hermandad en el Da Bianca con motivo del vigésimo aniversario del club Rododendro.
>
> Todos los socios están invitados.
>
> A las 15.00 h habrá música en directo con el DJ Jury y luego tendrá lugar un gran sorteo.
>
> Se aceptarán donativos por la tarta.

De todas formas, Erminia envió algunas cartas. Al alcalde; al padre Artemio, que nunca miraba el tablón de anuncios; al jefe de los bomberos y, cómo no, al ingeniero. El ingeniero no era otro que el responsable de las famosas centrales hidroeléctricas del valle. Las mismas que no solo habían dado trabajo en la posguerra a los maridos de las

Funne y a miles de obreros, sino que le habían dado la luz a Italia, como recordaba aquella película que todo el mundo había visto en el pueblo: *Tre fili fino a Milano*, un documental de Ermanno Olmi, que por entonces trabajaba para esa gran empresa.

A Erminia se le había ocurrido la idea de invitar al ingeniero mientras el gran consejo del club debatía una tarde de noviembre. Vender el calendario no sería cosa de broma, había que ingeniárselas para decidir cómo y dónde hacerlo. ¿Quién mejor que el ingeniero para ayudarlas en el asunto ese del marketing? Pues eso.

—Treinta y cuatro, cincuenta y seis, trescientos cuatro, setecientos ochenta y dos.

Los números del sorteo, cantados por no se sabe quién, resonaron en el gran comedor del hotel-restaurante Da Bianca.

En la enorme sala de madera con adornos de fiesta resultaba muy difícil hablar con alguien y entender algo. Un murmullo solo comparable al de un panal de abejas en celo o al del rosario prepascual colmaba el ambiente, mezclado con la música electrónica procedente de las consolas de Jury.

Habían acudido los ciento veinticinco inscritos en el club, y la comida era excelente y superabundante, como también el vino. En pocas palabras, era una fiesta. Veinte años del Rododendro no se celebraban todos los años.

—Señoras y señores —dijo Erminia, que se adueñó del

micrófono entre un plato y el siguiente del Menú de los Gigantes—, estamos aquí festejando el vigésimo aniversario del club y me parece que la fiesta está yendo bien. Para Navidad hay otra sorpresa, porque las *Funne* hemos hecho un calendario con la finalidad de recaudar fondos. ¡Socios, no os lo perdáis! Solo espero que los bomberos no se lo tomen a mal, porque este año seguro que venderán menos de los suyos. Me han pedido que diga unas palabras sobre los veinte años de historia del Rododendro, pero sinceramente no tengo nada que decir sobre quienes lo fundaron. Lo único que quiero dejar claro es que, si no fuera por mí, este año el club habría cerrado, eso seguro —concluyó con sequedad y sin ambages.

Así era Erminia, tenía un estilo de hacer las cosas que no siempre resultaba amigable, más bien al contrario. Sin embargo, ninguno de los presentes en la sala ni nadie del pueblo podía negar lo que acababa de decir. Sin ella, el club no sería el que era. Ni siquiera el alcalde pudo abrir prácticamente la boca, casi intimidado por la impaciencia bailarina de Erminia; se limitó a darle las gracias delante de todos por su trabajo, con suma diplomacia y *savoir-faire*. Por lo demás, estaba al final de su mandato y en esos momentos se limitaba a repartir amables saludos y a tratar de dejar un buen recuerdo a su paso.

—Cincuenta y seis, setecientos noventa y dos, seiscientos cuatro, doscientos diez.

—¡Me ha tocado a mí! —se oyó decir a alguien desde la mesa de los convidados.

El ingeniero había ganado uno de los premios. Sí, porque, contra todo pronóstico, esa misma mañana había decidido aceptar la insólita invitación a comer. Pese a que vivía en la lejana ciudad, también había oído hablar de los excelsos platos de Bianca y, como nunca había conseguido reservar mesa por los conocidos problemas con la línea telefónica, ese día hizo a un lado los miles de compromisos y responsabilidades que solo tienen los administradores delegados de una gran empresa, como él, o los alcaldes, en favor de las afamadas ranas fritas de Bianca.

—¡Le ha tocado al ingeniero! —exclamó Erminia, quien aprovechó para llevar en persona el premio al ganador.

El premio consistía en un set de artículos para el aseo: cuatro toallas azules de diferentes tamaños bordadas a mano, un cepillo para el pelo y una polvera que no se veía desde los años sesenta. Con todo, el ingeniero desplegó tal sonrisa que iluminó la sala. Desmesurada, se diría.

Aquello ofreció a la indomable presidenta un pretexto para pegar la hebra, y así, el pobre desventurado, que lo único que quería era comerse las ranas fritas, hubo de soportar un interminable relato sobre el club, sus actividades, su problema de fondos y, sobre todo, su precioso calendario, que ayudaría a las *Funne* a hacer realidad su sueño: ir al mar. Posiblemente Bianca, que, según se supo ese día, tampoco había visto nunca el mar, se sumara al grupo.

Pese a su aspecto de coracero, el ingeniero también tenía debilidad por el mar. Aunque él lo había visto muchas veces. A menudo rememoraba los días que había pasado de niño en la Riviera, cuando, desde que amanecía hasta que el sol se ponía, jugaba con sus amigos de la playa a las canicas. Sus preferidas eran las que tenían dentro pequeñas fotos de ciclistas.

Gracias a eso, a la presidenta del Rododendro no le resultó muy difícil arrancarle la casi promesa de que adquiriría unos cuantos calendarios. Por lo demás, esas *Funne*, ese valle y esas centrales eran todo uno. En un momento dado, mirándolos desde lejos, pareció que el ingeniero y Erminia estuvieran sellando un pacto secreto. El marido de la *funna* los observaba desde la mesa del fondo de la sala, resignado ya ante las extravagancias de su mujer.

La comida prosiguió hasta el final. Hacia las tres de la tarde, había socios derrengados por toda la sala. Muchos otros dormían fuera, en el jardín, bajo el pino Volpi. Otros, sobre todo los hombres, seguían entreteniéndose con la grappa aromatizada con pino negro mientras canturreaban canciones locales y jugaban a la morra. Armida y Jolanda aún estaban a la mesa comiendo mientras comentaban con Valeria los platos. El alcalde saludaba uno por uno a todos los invitados. Y Valentina pedía a todas las socias que le explicaran qué estaba pasando, porque, por efecto de la digestión, oía todavía menos.

Luego, la tarta dio la puntilla. Un gigantesco pastel de hojaldre recubierto de mazapán, con la inscripción «Feliz cumpleaños, Rododendro», hizo su entrada triunfal en la sala. El nieto de Irma fotografió a las *Funne* abrazadas detrás de la tarta y el DJ Jury decidió que aquel era el momento de pasar al baile. Y empezó el *lisio*. Los maridos, sentados, miraron a las mujeres bailar entre ellas, sonrientes y felices.

—Treinta y cuatro, doscientos dieciocho, cuarenta y cinco, treinta...—anunció Erminia. Fue ella la última en hacer girar la manivela de aquel bombo metálico pintado a gajos de colores que parecían arcoíris o grandes piruletas.

—¡Me ha tocado otra vez! —exclamó, sin dar crédito a su suerte, el ingeniero—. ¡Me ha tocado el premio! —repitió a voz en cuello y con una sonrisa más amplia aún que antes.

Solo él, sin embargo, conocía el motivo de esa sonrisa. Guardaba relación con otros recuerdos de su infancia, si bien estos un poco tristes. Al ingeniero no le había tocado nada, jamás, en un sorteo. Y en uno en particular, cuando era un crío, había sufrido mucho porque uno de los premios era, precisamente, un puñado de esas canicas con los ciclistas. Su vida también había sido dura, era uno de esos hombres que se habían hecho a sí mismos, a fuerza de estudio y sudor. Sin embargo, nunca llegó a conseguirlas. Y, mira por dónde, en esa fiesta, allí arriba entre las montañas, al ingeniero no solo le tocaron dos premios, sino que uno de ellos consistía en unas canicas. Aunque con fotos de futbolistas, en lugar de ciclistas.

Quizá era verdad que en ese valle los sueños podían hacerse realidad.

16

El regalo de Navidad

—Parezco un ogro.

Eso fue lo que Armida dijo al ver su foto en el calendario de los sueños. A Miss Mont Blanc la habían elegido para el mes de julio, en una pose muy digna con su nariz medio rota levantada. Navegaba en su *Love Boat*, convertido por exigencias escenográficas en una tina de cobre, hacia el horizonte infinito del mar.

El día de la entrega del calendario había llegado por fin. Ese año, Papá Noel se había presentado con un poco de antelación y con el aspecto del fotógrafo Massimo, quien apareció en el club sin previo aviso, tocado con un gorro rojo, la mañana de San Nicolás.

Abrir aquel paquete envuelto en papel marrón emocionó inmensamente a las *Funne*. Aunque nunca lo habían vivido —pero sí lo habían deseado en secreto—, se sintieron como las niñas de las familias ricas la mañana del veinticinco de diciembre justo antes de desenvolver los regalos bajo el gran árbol de Navidad del salón. Nieve como algodón que cae sin hacer ruido al otro lado de la ventana y troncos que crepitan en la estufa. Aromas procedentes de la cocina. Bajar la escalera corriendo con los ojos todavía pegados a causa del sueño y toparse con esos paquetes de cientos de colores, y no saber si abrirlos todos a la vez o uno a uno, sin prisa. Esa era la emoción que las *Funne* sintieron y que nunca habían experimentado antes: excitación y expectación con sabor de agujas de pino nevadas (la carrera), dulzura con regusto de vainilla y chocolate (el descubrimiento), y felicidad que olía a fresitas silvestres recién cogidas y llevadas inmediatamente a la boca (el momento previo a la apertura de los obsequios).

Y esa mañana Massimo las vio desenvolver con la misma dicha en la mirada, tanto daba que tuvieran ochenta años en vez de ocho, su paquete regalo.

—¡Ay, Virgen santísima! —exclamó con los ojos muy abiertos Erminia, que, pese a su carácter férreo, no logró contener la alegría y el asombro—. Massimo, muéstrame cómo ha quedado el calendario, no me hagas esperar más.

«La Reina de Corazones», como se leía junto a la foto, no daba crédito a lo que veía. La presidenta destacaba en la primera página del calendario. Solo ella podía ser el mes de enero. Aunque habría preferido estar rodeada de dinero y no de tantos corazones.

Hasta Armida cuestionó la elección.

—Pero, Erminia, ¿tú tienes corazón de verdad? —le preguntó con ingenuidad.

—Es precioso, Massimo, realmente increíble —dijo Jolanda—. Me imaginaba justo así, montada en un bonito caballo como ese en medio del prado. ¡No sabes tú la de veces que he pensado ir a lomos de Arturo y marcharme de Daone!

—¿Y adónde irías, Jolanda? ¿A buscar a un vaquero? Solo te faltaría eso —dijo riendo Vitalina.

Pese a que su primer comentario había sido negativo, el ogro Armida acabó por alabar la foto y comprendió la sutil ironía y la poesía de Massimo, que, en lugar de ponerla en una barca de verdad, la mostraba en una tina de cobre. A ella le gustaba, le recordaba el recipiente que utilizaba para lavar la ropa, o ese otro donde preparaba la polenta.

—Pero ¿dónde te han metido, Armida? ¿En una caja? ¡Este te ha colocado en una palangana en vez de en una barca! —dijo con su sarcasmo habitual Erminia.

Enrichetta, en cambio, no quedó satisfecha con su foto. El problema era que se veía pequeñita, pequeñita.

—Parezco yo pero envejecida, y esa no es mi vaca —dijo por su parte, riendo aunque con cierta preocupación, Irma.

En su viaje a Lourdes haciendo autostop, la acompañaba la vaca objeto de su crítica. Esa no se parecía a su Bernina, que tenía manchas blancas y negras, no blancas y marrones.

Fue una de esas reuniones interminables del club, entre risas, chismorreos y un buen *panettone*, hecho en casa de Jolanda, acompañado de un traguito de vino espumoso para celebrarlo. Estuvieron horas comentando las fotografías de todas. Valentina tuvo mucho éxito «desovillándose» en medio de los ovillos, mientras que Orsolina suscitó cierta envidia por ser la más fotogénica: salía bien en las fotos, sí, pero debido a su delgadez, dijeron. Amalia, en cambio, empezó a preocuparse por dónde dejaría a su gallo y sus gallinas cuando viajara en globo a las Américas y expresó sus dudas acerca del medio de transporte que Massimo había elegido. ¿No sería preferible ir en avión?

Se suscitó también un gran debate, porque una de las socias se fijó en el detalle de la imagen de la presa de Bissina insertado en todas las fotos del calendario. No se logró averiguar el motivo, quizá nunca lo conocerían, pero seguro que había sido cosa de Erminia, pues durante la comida anual en el Da Bianca la presidenta había hablado largo y tendido con el ingeniero. ¡A saber qué le había contado ese torbellino de Erminia! El caso es que a las *Funne* les gustó la idea de la presa. En el fondo, era el símbolo del Rododendro, representaba el valle, su tierra. En el viaje por sus sueños, las *Funne* iban acompañadas de sus montañas, de su casa. Algo parecido a lo que se decía en la película *El mago de Oz*: «Se está mejor en casa que en ningún sitio».

La reunión terminó con una acalorada discusión sobre qué nombre pondrían al calendario. En vista de que diez de las doce protagonistas habían perdido al marido, por un momento pensaron en llamarlo «Calendario de las viudas... alegres». Pero al final optaron por «*Funne*, el calendario de los sueños», porque así se entendía mejor, y a sus paisanos había que explicarles las cosas bien clarito.

Ese día las *Funne*, quizá por primera vez y puede que por última, vieron sus sueños, olvidados y luego recordados y deseados, nada menos que representados e impresos.

Olían muy bien, porque el papel, como todo el mundo sabe, huele de maravilla. Fue la Navidad feliz que nunca habían vivido de niñas. Y en ella recibieron posiblemente el regalo más hermoso: un sueño cada una. Un sueño que podrían colgar de la pared y mirar siempre que temieran olvidarlo de nuevo.

17

Estrategias de mercado. Primera parte

El calendario se imprimió el doce de diciembre. Y ya era tarde. Si querían tener alguna esperanza de venderlo, el momento adecuado eran las semanas anteriores a la Navidad, como máximo hasta final de año, teniendo en cuenta que algunas personas intercambian regalos también después.

En consecuencia, debían idear cuanto antes una estrategia de venta digna y rentable. Solo disponían de una asesora, Valeria, que era, junto con Marcello, el carnicero, la mejor comerciante del pueblo. El comité responsable de las ventas se reunió casi en secreto en el restaurante El valle, que ese día estaba envuelto en un aire misterioso. La sala rectangular, pintada de rosa con motivos ornamentales dorados, exponía con orgullo cabezas disecadas de animales salvajes, dispuestas en fila siguiendo un estricto orden creciente. En esa sala, además de las innumerables comidas y cenas de hermandad, se habían celebrado las reuniones más privadas del club. Lejos de ojos y oídos indiscretos, que, como es sabido, en los pueblos se encuentran al acecho por todas partes.

Después de horas de discusiones acompañadas de un té caliente y los famosos crocantes al caramelo de Graziella, las *Funne* elaboraron la siguiente lista de estrategias para vender el calendario, las cuales pondrían en práctica por riguroso orden cronológico:

- ✓ Estrategia del boca a boca, como se hizo para vender las tartas en la feria de San Bartolomé. Dar que hablar a Bergamina, que así se enterará enseguida todo el pueblo.
- ✓ En la homilía del domingo. El padre Artemio debería decir que el calendario se puede comprar en el club.
- ✓ Anuncio en el tablón del ayuntamiento. ¿Poner también el precio del calendario?
- ✓ Recorrido por Daone en coche, tractor o motocarro, si Jury nos presta su Apecar, con ejemplares del calendario para vender. Pedir a alguien (quizá a los bomberos) que nos deje un megáfono para anunciarlo mientras recorremos el pueblo. Como hace Antonella con su puesto de ropa el segundo domingo de cada mes; si acaso, que nos dé algún consejo más.
- ✓ Hablar con el alcalde saliente o con alguien del ayuntamiento para organizar un acto de presentación del calendario con venta incluida.
- ✓ Sonsacar a Franco Ciccio qué hacen los bomberos para vender el suyo, pero andándonos con ojo, pues este año somos sus rivales.

- ✓ Dejar ejemplares del calendario en depósito en el establecimiento de Marcello y en el de Valeria, y quizá en la panadería y en el bar. No sé si aceptarán en el banco y en la cooperativa. Dejar también en la peluquería.
- ✓ En el anuncio del tablón del ayuntamiento poner el número de Erminia, por si alguien quiere comprarlo y no sabe adónde tiene que ir.
- ✓ Telefonear al ingeniero.
- ✓ Ponerse en contacto con la Asociación de Camioneros Italianos, ya que quizá les interese un calendario de ancianas. A lo mejor les damos seguridad o les inspiramos ternura mientras conducen, y así no se distraen con las chicas.

Resumiendo, para ser ancianitas de un pueblo perdido entre las montañas donde esos días hacía tanto frío que hasta los osos se habían ido en busca de calor, que hasta los escaladores de paredes de hielo habían renunciado a ascenderlas, que la única manera de templar el cuerpo era tomando ponche de ron, que hasta la imagen de san Bartolomé se había helado y Carletto estaba descongelándola con un secador de pelo, pese a todo ese aislamiento y esa gelidez, esas ancianitas tenían clarísimas las ideas sobre lo que había que hacer. Muchas ideas. Y con ese frío polar, las ganas de ir a la playa aumentaban por momentos. Así que se pusieron inmediatamente manos a la obra empezando por la «charla» con Bergamina y, a continuación, dejaron ejemplares del calendario en los lugares caldeados del pueblo y mandaron a algunos de sus nietos pequeños a robar información sobre las estrategias de venta de los bomberos. En la asociación de camioneros no contestó nadie porque todos estaban de viaje.

El padre Artemio era la cuestión más difícil de resolver, pero todavía faltaban unos días. Solo Erminia, con la intercesión de su Virgen de las Nieves, podría convencerlo de que las ayudara. Por otro lado, la misa del domingo era el lugar más *in* y *cool* donde promover la iniciativa.

El acto municipal no dio grandes resultados. Las *Funne*, en la primera fila de la sala de plenos del ayuntamiento, con los calendarios alineados sobre una mesa, parecían más vendedoras de pescado en su puesto del mercado que *calendar girls*. La sala, blanca y desangelada, estaba gélida y medio vacía. Solo había unas cuantas *Funne* con sus nietos, que correteaban entre las sillas. El alcalde las dejó plantadas a última hora a causa, parece ser, de su extenuante gira de saludos. Mandó en su lugar al secretario del consistorio, quien no destacaba por su agudeza. En resumen, el acto no estuvo a la altura de las expectativas. Por suerte, quedaban todavía otros puntos de la lista.

—¡Arriba ese culazo! ¡Madre mía, Armida, pues sí que estás torpe hoy! —dijo Erminia esa cruda tarde de diciembre.

Así de claro y a las bravas le habló a Armida, que tenía

no pocas dificultades para subir al vehículo que las *Funne* habían elegido para vender el calendario por el pueblo.

Pero ¿cómo se les había ocurrido a esas tres amigas, a su edad, andar por ahí en motocarro, un Apecar para ser exactos, como si fueran adolescentes? Cargadas de ejemplares del calendario, algunos de los cuales habían utilizado para decorar el vehículo, Erminia al volante, Jolanda de copiloto y Armida en la caja abierta, con el megáfono, estaban comenzando el recorrido.

—¡Señoras! ¡Señoras! —gritó a pleno pulmón Armida—. ¡Señoras, el calendario de las *Funne* de Daone ha llegado! ¡¡¡Asómense a la ventana!!!

Esta era la cantinela que las *Funne* habían elegido para su *tour*, una cantinela a medio camino entre la de los afiladores y una canción de Jovanotti. Y desgañitándose tanto que no le iban a la zaga al gallo Beppo, las *Funne* recorrieron todo el pueblo, que esa gélida tarde estaba, evidentemente, desierto.

Más que desierto. Y el fracaso fue inevitable. Nadie se asomó, aunque muchos echaron un vistazo a través de las ventanas. Las *Funne* solo se cruzaron con Carletto, quien, con la imagen del santo en las manos, les soltó algo así como que estaban locas de atar. Y viniendo de él, causaba impresión.

Durante horas recorrieron las calles de Daone, que eran cuatro, si bien ese día parecieron muchas más. Incluso se cruzaron con el vehículo de los bomberos, que estaba haciendo el mismo *tour* pero sin megáfono. A los bomberos siempre les había bastado con su mera presencia. Un «toc-toc» bien dado en la puerta y no hacía falta más. El calendario estaba vendido. ¿Quién podía resistirse a aquella llamada y, sobre todo, a aquellos cuerpos?

—Ten cuidado, Armida, que si te caes del motocarro, me retirarán el carnet —dijo Erminia.

—La que debe tener cuidado eres tú con tu manera de conducir, ¿eh?, que a ti como mucho te quitarán puntos del carnet, pero a mí me llevarán a casa con los pies por delante —replicó Armida.

Desde el *affaire* del maldito adoquín, las callejuelas de Daone ya no eran las mismas, se habían vuelto peligrosas, en particular ese día, en parte a causa de esas tres mujeres motorizadas. Además, con el frío y el hielo, el asfalto estaba un poco resbaladizo. Y por eso estuvieron a punto, como resultado de un frenazo, de perder a Armida y luego de chocar de frente con el Jeep de sus adversarios. Los dos equipos se cruzaron en el stop del número cuarenta y dos de la calle Ayuntamiento. El repentino pisotón de freno de ambos vehículos fue tal que dejaron marcas de neumáticos en la calzada, a lo que siguió un cruce de miradas encendidas digno de un western americano. Casi pareció un desafío como el del O. K. Corral. Desgraciadamente, ¡pobres *Funne*!, ganaron los bomberos. Pero no era el final. Les quedaba el ingeniero y el padre Artemio, con la ayuda de la Virgen.

18

Estrategias de mercado. Segunda parte

Las tres *Funne* no tenían ni la más remota idea del motivo por el cual el ingeniero las había convocado con tanta urgencia en la ciudad pocos días antes de Navidad.

Y para ellas no era muy fácil ir a la ciudad. Las tres sabían conducir, aunque hacía poco a Armida le habían denegado la renovación del carnet debido a esa costumbre suya de mirar hacia arriba, que le había causado un problemilla durante el examen. Armida se lo tomó a mal, muy mal, pero resolvió su necesidad de autonomía en los desplazamientos utilizando el servicio de Elastibus, un pequeño autobús que llevaba por el valle a los que no conducían y paraba en el ambulatorio, el hospital, la iglesia y el cementerio. Por ese orden.

Así pues, el problema no era conducir, sino las carreteras, que desde Breguzzo en adelante conocían muy poco. De todas formas, decidieron aceptar la extraña invitación, porque estaban sucediendo tantas cosas raras que una más o una menos daba igual. Además, se morían de curiosidad por saber qué quería el ingeniero de ellas.

Salieron de buena mañana, con una especie de mapa que los nietos de Jolanda les habían dibujado y que las conduciría directamente a la sede de la central hidroeléctrica. Se perdieron varias veces; sin embargo, dado que no era frecuente ver a tres ancianitas al volante, encontraron a un apuesto joven que se compadeció de ellas y las escoltó hasta su meta.

El ingeniero las esperaba en la entrada con sus mejores galas. Nunca lo habían visto tan bien vestido, con esa americana cruzada azul y esa corbata de rayas. Rebosaba de elegancia y amabilidad. La sonrisa con la que las recibió era casi la misma que le vieron cuando le tocaron los premios en el sorteo. Tras los debidos y calurosos saludos, masculló algo que no entendieron del todo y las preparó para la sorpresa. Si lo hubieran sabido, como mínimo se habrían vestido ellas también de gala.

Las *Funne* oyeron una música a lo lejos y, entonces, el ingeniero abrió la gran puerta de una sala y la música se mezcló con el sonido de unos clamorosos aplausos.

«Plas, plas, plas», se oyó en el auditorio de la central.

—¡Bravo, *Funne*, enhorabuena! ¡Estáis guapísimas! —se elevaron unas voces casi al unísono.

Y así fue como, entre música y aplausos, las *Funne* entraron en una sala llena de gente que las esperaba.

—Esta es la sorpresa —dijo, más divertido que nunca, el ingeniero al tiempo que las invitaba a acompañarlo al estrado montado para la ocasión.

Las *Funne*, quizá por primera vez, fueron incapaces de articular palabra. Desconcertadas, por no decir desorientadas, asombradas, mudas, casi petrificadas —tanto que Erminia pellizcó a Armida, que se había quedado parada—, siguieron con los ojos como platos al ingeniero.

—Compañeros, amigos, estas son las *Funne* de Daone, las protagonistas del calendario que os hemos regalado este año por Navidad. Tal como prometimos, las hemos traído aquí en carne y hueso —anunció con orgullo el ingeniero.

Pues sí, al parecer, desde Breguzzo hasta allí, el calendario de las *Funne* había despertado cierto interés y el ingeniero les había dado una fantástica sorpresa. ¿Cómo iban a imaginar semejante acogida? Las tres socias, extasiadas, tardaron un buen rato en comprender lo que estaba pasando. El ingeniero había decidido comprar doscientos ejemplares del calendario y regalárselos a sus empleados, y ese dinero engrosaría no poco las arcas del club. Las *Funne* se sintieron como esas superestrellas de cine que recorren la alfombra roja. ¡Lástima que no llevaran la ropa y el peinado de las grandes ocasiones! Una vez que se hubieron recuperado del shock, dieron las gracias a su manera, en voz tan baja que en el fondo de la sala no se oyó nada. Agradecieron al ingeniero su iniciativa y a todos los presentes, su espléndida acogida.

—Pero sean sinceros —dijo Erminia, que se hizo con el micrófono sin que nadie se lo ofreciera, en un tono que parecía amenazar a los presentes con un «que se atreva a levantar la mano quien no lo piensa de verdad»—, habría estado mejor un calendario de chicas guapas y no de un puñado de cacatúas como nosotras, ¿a que sí?

Desde la platea se elevaron unas sonoras carcajadas.

Y también algunas manos. Pero, pese a la edad, esas ancianas tenían un encanto irresistible y tranquilizador. La gente que llenaba la sala no paraba de reír y sonreír y, en un momento dado, hasta se formó cola para recibir de manos de las *Funne* el calendario e intercambiar felicitaciones navideñas. Algunos incluso aprovecharon para robar un beso a esas ancianas extraordinarias. Y un caballero muy delgado con un bigote pelirrojo larguísimo se acercó con timidez a Armida, cada vez más acalorada.

—Perdone, Miss Julio, disculpe, pero no sé cuál es su nombre, solo su mes... —le dijo.

—Hola, me llamo Armida Brisaghella y me han puesto en el mes de julio porque hicimos un sorteo para repartirnos los meses del calendario. Yo habría preferido enero, pero ya estaba ocupado por nuestra presidenta —quiso especificar Armida.

—Señora Armida, perdone que se lo pida, me siento un poco cohibido —se excusó el caballero del bigote—, ¿podría firmarme el calendario?

—¿Cómo? —dijo Armida, cuya voz alcanzó un agudo inaudito.

Y palideció. Tal cual. Palideció alrededor de las mejillas, que se tiñeron de un rojo fuego. ¿Quién se lo iba a imaginar? ¿Firmar un autógrafo ella?

—Por supuesto, señor..., no sé cómo se llama, se lo firmo encantada, pero sepa que... En fin, diga a su mujer que la titular de la foto, o sea, yo, tiene ochenta años. Repito, ochenta. Así, su mujer no se pondrá celosa —precisó Armida, más emocionada que nunca en toda su vida.

El viaje de vuelta a casa fue lento y silencioso. Y esa vez no se perdieron. La sorpresa las había hecho tan felices que las consoló por las escasas ventas en el pueblo. Es una gran verdad que nadie es profeta en su tierra. Y menos mal que no le habían dicho absolutamente a nadie que el dinero recaudado lo invertirían en una disparatada excursión al mar, si no, no habrían vendido ni siquiera esos pocos calendarios. Los sueños, como es sabido, no tienen edad. Pero quizá en Daone ese dicho no estaba vigente en los períodos festivos.

19

Sueños colgados de la pared

—Queridos hermanos y hermanas, aprovecho la ocasión de este saludo prenavideño para hacerme eco otra vez de la bonita iniciativa que han tenido nuestras *Funne* de hacer un calendario. Pasad, pues, por el Rododendro, donde podréis adquirirlo. Recordad siempre ser hermanos y hermanas generosos en Navidad. Amén —dijo el padre Artemio para finalizar la misa del gallo, puesto que Erminia había conseguido convencer al buenazo del cura.

Y así fue como la Navidad llegó y luego pasó y llegó el Año Nuevo. La invitación del padre Artemio produjo un incremento de las ventas del calendario en el pueblo: otros tres ejemplares. El que compró el director del banco, que quizá de ese modo conseguiría algún cliente más, y los dos que adquirieron un par de practicantes de pesca deportiva, que se sentían culpables por haber hablado mal de esas ancianas. Además, Armida compró por sorpresa cinco ejemplares, a coste reducido por ser socia, con intención de enviarlos a sus parientes lejanos de América, aunque se pasó meses dando la tabarra a todos con el elevado coste del envío postal.

Con independencia de los resultados, que todavía estaban por calcular, esa Navidad todas las *Funne* tuvieron su sueño colgado de la pared. Y una gran satisfacción íntima. Unas lo colgaron en la cocina; otras, en el salón. Alguna incluso en el cuarto de baño. Y cada vez que pasaban de una habitación a otra, lo contemplaban como se mira un sueño. Valeria lo había colgado con cierto orgullo en el gran comedor rosa del restaurante El valle junto a los ciervos disecados. Un ejemplar del calendario destacaba frente al mostrador de la carnicería de Marcello y otro bajo el muestrario de tintes de la peluquería de señoras de Sonia.

Se rumorea, aunque nadie puede confirmarlo, que el padre Artemio tenía también un calendario de las *Funne* en la sacristía. Quien seguro que tenía uno era Carletto.

ENERO

20

Cerrado por vacaciones

Con el nuevo año y el día de Reyes llegó el auténtico invierno, el daonés, con un frío que hasta el cementerio despedía humo del suelo sin cesar para calentarse un poco. Su hermano el campanario dio las ocho. A esa hora de la tarde el pueblo estaba desierto y silencioso. Solo se veían algunos parroquianos del bar, con la nariz y las mejillas coloradas, y embutidos en plumíferos de alta montaña. Una gruesa capa de hielo había cubierto las calles, por las que casi se podía patinar. Habían cortado la carretera a la altura de la presa a causa de la nieve y las luces navideñas brillaban intermitentemente.

Después de haber vivido la Navidad más vibrante de su vida, las *Funne* habían vuelto a la normalidad. Y hasta el club se había tomado unas breves vacaciones.

Con el frío, el de verdad, el hielo invadió también el ánimo de los daoneses. Todo se congeló, incluida la imagen del santo, definitivamente. De aquel tiempo de efervescencia y revuelo quedaba solo el recuerdo impreso en el calendario de los sueños.

Después de Navidad, sin embargo, hablar del calendario casi se había convertido en un tabú. En opinión de los daoneses, se había hablado excesivamente de él. Si bien, por una parte, había electrizado la atmósfera de los últimos meses y caldeado el ambiente navideño, por otra, algunos se habían tomado a mal todo aquel alboroto. Ya se sabe lo que pasa en los pueblos.

Demasiada excitación, demasiada confusión, demasiadas novedades, demasiadas luces para los habitantes de esa fría isla perdida allí arriba, entre las montañas. A decir verdad, se había despertado un asomo de envidia y celos en el corazón de las *Funne* que no habían sido elegidas como *calendar girls*.

Fuera lo que fuese lo que se les había metido en la cabeza a esas ancianas, murmuraba la gente en el bar, ya era hora de que regresasen a casa a preparar polenta o hacer punto. Y algunas de las *Funne* así lo hicieron, pues muchas de ellas necesitaban volver a la normalidad para sentirse más seguras.

También Jolanda, Erminia y Armida reanudaron su vida cotidiana, entre nietos, galletas y tartas de manzana, *Settimane Enigmistiche* y platos calientes bien cocinados a la hora que tocaba, como deseaban los maridos, o por lo menos el de Erminia.

Solo ellas tres y un puñado más de *Funne* continuaron hablando, casi a escondidas, del calendario y del sueño de ir al mar. Al margen de las expectativas un tanto frustradas por los pobres resultados obtenidos en el pueblo, las tres amigas habían visto el efecto que su calendario había causado fuera de Daone. Debían seguir adelante, con frío o sin frío, y hacer cuentas para comprobar si disponían de dinero suficiente para costearse el viaje.

Erminia se había comprometido a llevarlas al mar y no tenía ninguna intención de faltar a su palabra.

21

El santo se ha roto

—No están ni las lunas ni los santos.

Así empezó, ese miércoles por la mañana de principios de año, la reunión del Rododendro para hacer balance. Pasadas las fiestas, el club había reabierto las puertas justo ese día.

—No están ni las lunas ni los santos —repitió Armida.

Era ella quien había iniciado la reunión con una valoración del calendario, que era, evidentemente, el primer punto del orden del día.

—Massimo ha hecho un buen trabajo —continuó—. A mí me gustan las fotos, aunque no todos son capaces de entender estos sueños nuestros que son un poco extraños. Pero mi pariente lejana de América me ha telefoneado para decirme que el calendario es muy bonito. De todas formas, si debo valorarlo con sinceridad, he de decir que me siento frustrada porque a Massimo se le olvidó poner los santos y las fases de la luna, fundamentales en un calendario —dijo Armida en un largo monólogo.

—A lo mejor es porque no es creyente —replicó Enrichetta, pensando que su comentario haría gracia—. La verdad, a mí no es que me guste mucho mi foto. Salgo pequeñísima ahí dentro, no se me ve —dijo en un tono un poco acre.

—Pero ¿qué es eso de que no os ha gustado? —intervino Erminia—. Pues bien contentas que estabais todas con vuestra foto cuando llegó el calendario... ¿Qué os ha hecho cambiar de idea? ¡Es que no hay manera de aclararse con vosotras!

—No, no, Erminia, yo comenté enseguida que la foto no me gustaba porque en ese autobús rojo no se me ve, estoy aplastada dentro —replicó Enrichetta.

—Venga, venga, Enrichetta, siempre quejándote. Pero si la tuya es la foto más bonita, lo dice todo el mundo. Puede que eso de ir a Lourdes con la vaca no acabe de quedar muy bien, porque no se va a Lourdes con una vaca y menos aún haciendo autostop, como tampoco se hace un crucero en una palangana, pero tu foto es preciosa —sentenció Erminia.

—Además, es una cuestión de gusto creativo —dijo Armida—. Massimo tiene ese gusto creativo, y puede agradar o no. Por suerte, no todos somos iguales. Es verdad que, si nos hubiéramos hecho fotos en el campo, habría sido todo más fácil y en el pueblo lo habrían apreciado más. No es fácil entender los sueños. A mí el mío me gusta, pero no sé si les gusta a los demás.

—He oído comentarios en el bar y en El valle de gente que se burlaba de nosotras por las fotos. Y no es agradable —dijo tímidamente Vitalina.

—Tienen envidia —intervino, decidida y un poco enfadada, Jolanda—. Nos critican porque, según ellos, deberíamos habernos hecho fotos normales y corrientes, y en cambio se nos han subido los humos a la cabeza, pero yo creo que todo es por envidia, porque ellos querían hacer el calendario. La envidia produce acidez de estómago...

—En realidad no es que hayamos vendido muchos en el pueblo. Creo que Jolanda tiene razón —reconoció Erminia mientras empezaba a sacar el dinero de la caja roja para hacer cuentas—. Pensaba que los venderíamos todos, pero aún quedan montones aquí, en el club. Imaginaos si llegamos a decir que queremos el dinero para ir al mar. ¡Nos mandan a tomar viento, seguro!

—Doscientos treinta y cinco calendarios vendidos son dos mil trescientos cincuenta euros. Descontados los gastos, han quedado mil ochocientos, porque Massimo nos ha hecho el calendario casi gratis y la imprenta también ha hecho un buen descuento, pues para eso es del hijo de Orsolina. No creí que fuéramos a vender tan pocos. ¡Gracias a Dios que el ingeniero compró doscientos para sus empleados!

¿Adónde podían ir con mil ochocientos euros las buenas ancianas? Con eso no llegaban ni a Lignano Sabbiadoro. ¿Doce *Funne*? Hacían falta como mínimo cuatrocientos euros por cabeza, según sus cálculos, para pasar una semana decente en un hotel o una pensión de tres estrellas, a lo que había que añadir el coste del autocar y del conductor, así como una parte que destinarían a gastos varios, como comprar un botiquín de primeros auxilios, por no decir pagar a un médico de carne y hueso, pues a esa edad nunca se sabe lo que puede pasar.

O sea, cuatrocientos euros por doce eran cuatro mil ochocientos euros. Restando los mil ochocientos ya ganados, faltaban tres mil euros. ¿De dónde sacarían tres mil euros más?

El hotel de tres estrellas y la pensión completa eran imprescindibles, en eso no se podía ahorrar, porque todas querían, al menos una vez en la vida, tener habitación individual y pensión completa. Por lo menos una semana en la vida que les sirvieran el desayuno, la comida y la cena. Es verdad que el ayuntamiento podría hacer una aportación. Quizá si llegaban a un acuerdo, quizá cambio de que ellas los ayudaran en la campaña electoral. Y también se podía pedir una cantidad simbólica a las *Funne*, pero, si pedían demasiado dinero, no iría ninguna. Ya era toda una proeza llevarlas a todas al mar, ¡así que si encima tenían que pagar...!

—*Funne*, el problema no es el calendario o lo que los demás piensen —sentenció Erminia—. A mí me gusta, y a mis nietos también, por tanto no hay más que hablar. Y le diré al padre Artemio que lo haga saber en misa para que se fastidien los envidiosos. El problema no es la gente del pueblo, sino que no tenemos dinero para ir al mar todas juntas. Ese es el problema. Nos hemos propuesto ir al mar y debemos seguir adelante. ¿O acaso queréis echaros atrás?

Se produjo un silencio y las *Funne* dirigieron la mirada al cielo, quizá hacia su Virgen. Erminia aprovechó para servir un poco del *panettone* sobrante de la Navidad, que hasta la época de la paloma de Pascua* sería la merienda del club, dado que después de las fiestas los *panettoni* costaban menos de la mitad. Las *Funne* se miraron una a otra y, sin que lo expresaran en voz alta, su pesar se palpó en el ambiente.

Hacía ruido ese pesar, recordaba el sonido de las zanahorias cuando se rallan finamente. Incluso olía: a oblea mojada, a castañas hervidas, a caracoles con salsa de jengibre y limón, como los del restaurante Da Bianca. En esa reunión para hacer balance, una vez realizados los cálculos de las entradas y las salidas, de la comida del vigésimo aniversario, del consumo de *panettoni* y *cedrate*, de tazas de chocolate anuales y botones para el bingo, las *Funne* se dieron cuenta de que, pese a todos sus esfuerzos, se encontraban todavía muy lejos de su sueño. Ese frío día de mediados de enero, el mar se alejó más aún de Daone. Como la imagen de san Bartolomé, que Carletto había tenido que llevar a escondidas a Bondo para que un experto en restauración la descongelara.

Y también Erminia se congeló un poco, y no tuvo el empuje habitual para proponer enseguida otra cosa que hacer o al menos para levantar esos ánimos invadidos por el pesar. Ni siquiera fue suficiente el bingo acompañado de *cedrata*. Ni tampoco las tazas de chocolate, ni los carajillos. Erminia comprendió que no era solo una cuestión de dinero. En esa reunión percibió algo distinto entre sus mujeres. Se habían quejado un poco más de lo habitual, las conocía bien. El problema era que habían perdido el entusiasmo y estaba cundiendo el desánimo, cosa que le confirmó la voz de su Virgen en el balcón del salón-bar del club, adonde de vez en cuando salía para fumar a escondidas un cigarrillo, pese a que estaba prohibido.

Erminia sabía que en la vida no es posible estar siempre todos de acuerdo, aunque le resultaba muy difícil aceptarlo. Así pues, decidió contenerse y no decir nada más en esa reunión. Puede que, por primera vez, incluso bajara la mirada, aunque afortunadamente nadie se dio cuenta. Decidió tomarse un poco de tiempo para pensar en el asunto. Ideas no le faltaban, desde luego. Y mientras tanto, levantó la sesión.

—Vayamos a El paraíso perdido a tomarnos un buen ron con mandarina —dijo a sus fieles amigas—. ¡Hermanas Bandiera de Daone, en marcha, debemos entrar en calor y pensar qué podemos hacer, quizá nosotras todavía no hemos perdido el paraíso!

FEBRERO

22

El virus

Enero pasó así, frío y triste. Y así empezó también febrero. Frío y triste. Y las reuniones del Rododendro fueron cada vez más frías y más tristes. Solo la voz de Armida cantando los números del bingo caldeaba un poco el ambiente.

También las *Funne* estaban cada vez más frías y más tristes en el club. No reían, ni hablaban, ni jugaban ya como antes. Ni siquiera los números del bingo eran ya los de antes, hasta había desaparecido alguno, y el costillar de ciervo ya no tenía el mismo sabor.

Al otro lado de la ventana de la última planta del edificio del ayuntamiento empezó a caer, ese miércoles por la tarde, un poco de nieve, y también ella, ni que decir tiene, era fría y triste. Y continuó cayendo durante días y días, con el resultado de que Daone quedó aislada del resto del mundo, o por lo menos de Breguzzo y Bondo.

¿Acaso la Virgen de las Nieves quería cubrir de nuevo el pueblo? Pero ¿para protegerlo de qué? ¿Se trataba tal vez de una señal? San Bartolomé, por su parte, se hallaba en

Bondo para su restauración, aislado también él a causa de las grandes nevadas.

Erminia caminaba de extremo a extremo de la sala del club intentando comprender qué les sucedía a esas mujeres. Buscaba respuestas en las miradas de sus *Funne*, concentradas en una lenta y triste partida de póquer sin dinero, pero sobre todo sin faroles. ¿A qué se debían esa pérdida de entusiasmo y esa tristeza? ¿Era solo a causa de las escasas ventas? ¿O era por culpa de las habladurías de los daoneses, que las hacían sentirse un poco culpables por haber hecho ese calendario tan moderno? Quizá habría sido mejor, como Armida había sugerido, hacer un calendario más normal y celebrar el vigésimo aniversario del Rododendro yendo de excursión al santuario, como siempre. Los sueños no tienen edad, pero ¿los sueños de grupo qué edad tienen?

Erminia seguía sin encontrar respuesta para los cientos de preguntas que le rondaban la cabeza y agitaban su alma, ya inquieta por naturaleza. Pero en los días que siguieron se difundió entre las *Funne*, y después por todo el pueblo, el rumor de que el motivo de aquel estado de ánimo había que atribuirlo a un virus.

Un virus invernal estaba contaminando todo Daone. Hasta se le puso nombre: el virus del calendario no vendido. En efecto, presentaba todos los síntomas.

El virus del calendario no vendido se difundió por vía aérea partiendo de los labios de Bergamina, que contagió a la práctica totalidad de sus paisanos solo con su locuacidad en menos de una semana. También se difundió por contacto y, en consecuencia, todos los poseedores del calendario se contagiaron. La sintomatología incluía: tristeza, indiferencia, apatía, pesar, miedo, pérdida de oído y de visión, adelgazamiento e insomnio. Se detectaron también casos de sollozo agudo. La terapia que el doctor Carmelo prescribió a todos los afectados, mediante un anuncio en el tablón del ayuntamiento, consistía en reposo absoluto, vuelta a la normalidad, vida regular, alimentación sana, tranquilidad y, sobre todo, la prohibición de cualquier exceso. Y asistencia al club solo una vez por semana. En los casos más graves incluso aconsejó retirar los calendarios de la pared.

Se produjeron, en efecto, algunos casos y sucesos serios que impresionaron y preocuparon no poco al alcalde, al padre Artemio y al doctor Carmelo. El alcalde en persona anotó en su agenda algunos de ellos para mencionárselos a su sucesor.

En su sintomatología más grave, el virus comportó:

- ✓ hospitalización de Bergamina por un problema de aftas en la lengua
- ✓ caída de Irma y rotura del tobillo izquierdo durante un paseo por el bosque para recoger arándanos
- ✓ un Carnaval muy pero que muy triste, con un extraño espectáculo de los niños de la escuela primaria
- ✓ preocupante hospitalización de Jolanda por una leve taquicardia
- ✓ aumento del consumo de cigarrillos por parte de Erminia y escasa presencia de esta en el pueblo

- ✓ aumento de oraciones y rosarios (nota del padre Artemio)
- ✓ aumento de hostias y reducción de sabor del costillar de ciervo (notas del padre Artemio y de Valeria)
- ✓ disminución de marcados de pelo (nota de Sonia)
- ✓ un funeral

Pues sí. También hubo un funeral.

Don, don, don…, tocó a difuntos la campana de la iglesia esa mañana de febrero.

Un grupo de personas, más de la mitad del pueblo, caminaba apiñado por las calles de Daone. Hacía un día de perros, y eso que no se veía ni un solo chucho por los alrededores. Rostros sombríos y tristes inclinados hacia el empedrado resbaladizo. Amalia, en particular, tenía un semblante tan abatido que todas la rodeaban y abrazaban. El cortejo seguía a don Bruno, que, cosa rara, ese sábado por la mañana estaba libre, y un pequeño ataúd que iba sobre una carreta. Ni siquiera estaba la imagen del santo. Se encontraba aún pendiente de recoger en Bondo.

Don, don, don…, tocó de nuevo a difuntos la campana de la iglesia.

Al llegar a la entrada del cementerio, que se abría de sopetón sobre el infinito del bosque detrás de una gran verja de hierro forjado, la procesión tomó por sorpresa otro camino. Más a la derecha, se adentró en un sendero que seguía el perímetro del camposanto, pero desde abajo.

Al final, un gran prado que terminaba en forma de cruz. El ataúd se depositó en tierra y comenzó una larga plegaria.

—Querido Beppo, tú que has sido compañero fiel de una de nuestras *Funne*, que has animado nuestras comidas, que has alegrado con tus cantos nuestras tardes e interrumpido con regocijo nuestras oraciones, descansa ahora en paz en el paraíso de los... —dijo don Bruno.

—¿Beppo? Pero ¿de quién habla don Bruno? ¿Qué Beppo? ¿El de Bondo o el de Bersone? Aquí en Daone no hay ningún Beppo. Si es el de Bersone, lo siento, era un buen hombre. Tenía unas gallinas maravillosas —dijo uno de los daoneses que se había sumado al cortejo en el último momento.

—No, no, te equivocas, habla del Beppo que vivía en el valle, junto a la presa, el guardián de la presa —replicó en voz demasiado alta otro daonés.

—Hermanos, os ruego que guardéis silencio en este momento de dolor por la desaparición de nuestro querido Beppo, al que todos echaremos de menos por su sonora voz y por sus cantos, que nos recordaban el paso del tiempo —dijo don Bruno, tratando de mantener la calma.

—Ah, sí, ya sé, el de Amalia, ese que vivía en el jardín con todas esas otras..., perdona, Amalia... —dijo un pequeño daonés (pequeño en el sentido de que era un hombre bajo).

—¡Clo-clo-clo-clo! ¡Clo-clo-clo-clo! ¡Clo-clo-clo-clo! —se elevó un fortísimo coro de voces.

Y así fue como el gallo Beppo voló esa fría mañana de

febrero al paraíso de los gallos. Una lágrima se deslizó por el rostro de Amalia. Beppo no había querido ir con ella en globo rumbo a las Américas. Había preferido ascender solo al cielo, con los gallos, únicamente con billete de ida, sin pasar por la casilla de salida y sin usar ningún medio de transporte.

Por el rostro de Carletto rodó también una lágrima. ¿Con quién competirían ahora sus campanas?

23

Yo bailo sola

Dejando a un lado las bromas, una melancolía en verdad preocupante se apoderó del pueblo, en particular de las *Funne*, hasta el punto de que, como sucede siempre en estos casos, se puso a llover. Pero a llover a base de bien. El caso es que cayó la de Dios, tanto es así que alguien le pidió a Él que, por favor, parase por lo menos un rato, que aquello ya no había quien lo aguantara.

Por la calle, si te acercabas poco a poco a las pequeñas ventanas de madera de las *Funne*, como los insectos atraídos por las luces cálidas y melancólicas de esas casitas, casi podías percibir el olor de su soledad. Después de haber girado como si fueran *bambole* bajo un cielo de estrellas doradas, ahora se habían retirado, una tras otra, a la vida doméstica y solitaria. Podía percibirse incluso el sabor de esos hogares agridulces, que sabían a polenta y carbón.

—Ven aquí con mamá, Sergio —dijo Vitalina en un tono tan triste que partía el corazón, llamando a su fiel compañero gato para que subiese a su regazo.

—C-R-U-C-E-R-O —dijo en voz baja Armida, después de dar con la palabra apropiada para el crucigrama.

«Tiempo lluvioso hasta el jueves lardero», dijo la chica de las previsiones meteorológicas desde el pequeño televisor naranja de la cocina de Jolanda, mientras esta se preparaba un té.

Un trueno sobresaltó a las *Funne*, distrayéndolas de lo que estaban haciendo. Todas volvieron la mirada hacia la ventana. Les pareció que había alguien observándolas, pero quizá era solo el ruido de la lluvia. Se pusieron entonces a rogar a la Virgen de las Nieves que al menos nevara; así dejaría de llover.

Dentro de las casas del pueblo, hogares calientes pero tristes; fuera, lluvia interminable que caía en gotas tan grandes como confetis sobre los paraguas y los disfraces de Carnaval ese jueves lardero.

Siguiendo la tradición, Daone celebraba durante toda una tarde el Carnaval con carrozas y guirnaldas. Era una fiesta dedicada sobre todo a los más pequeños. Manadas de jóvenes pingüinos y oseznos de montaña cruzaron corriendo la plaza de la iglesia. El espectáculo de la escuela primaria estaba a punto de empezar frente a la entrada principal del ayuntamiento, donde había un espacio cubierto que al menos los protegería de la lluvia.

La maestra, Grazia, se hallaba en un estado de gran agitación por el acontecimiento. Sus alumnos llevaban meses aprendiéndose de memoria los poemas y la coreografía del espectáculo, cuyo título era «Cómo amo mi montaña» y que representarían disfrazados de oseznos pardos.

El Carnaval de ese año fue realmente el más triste que se había visto jamás en Daone, aunque quizá, como dijeron muchos, la culpa la tuvo el virus.

Pese a los saludos y las sonrisas de rigor, el alcalde se encontró también en apuros en la presentación del programa de festejos, que, aparte del espectáculo infantil, incluía una merienda a base de *krapfen* rellenos de mermelada de albaricoque, *grostoli* (*chiacchiere* o *bugie* en otras partes de Italia) y *cedrata*, así como un desfile de carrozas. Lamentablemente, acababan de informarle de que solo habría una carroza. Con todo, el alcalde consiguió salir airoso echándole la culpa al mal tiempo.

Muchas *Funne* ni siquiera acudieron a la fiesta. Al reuma no le beneficiaba en absoluto estar en la calle bajo la lluvia. Solo algunas se atrevieron a salir y buscaron refugio en el zaguán de una casa para disfrutar del espectáculo desde una posición privilegiada.

Erminia, en cambio, ese jueves tan poco lardero paseaba sola bajo su paraguas, con la cabeza ligeramente gacha, a buen seguro temerosa del maldito adoquín. Jolanda estaba en el hospital haciéndose unas pruebas y Armida, limpiando las lápidas en el cementerio de Bondo, aunque no se entendía por qué, puesto que llovía tanto que iban a limpiarse solas.

Erminia cruzó la plaza de la iglesia fumando un cigarrillo hasta llegar al ayuntamiento; su nieto también participaba en el espectáculo. En su rostro, dijo alguien a su espalda, se veían las marcas de la enfermedad. El virus la había atacado también a ella.

Los oseznos pardos bailaban sin orden ni concierto en el vestíbulo del ayuntamiento al son de una machacona música *dance*, junto a un hombre disfrazado de *befana*,* alternando danza y poemas dedicados a la montaña. Era incomprensible que la maestra, pese a sus esfuerzos, hubiera organizado semejante desastre. Absorta en sus pensamientos, Erminia miraba a los niños que bailaban, hasta que, en un momento dado, uno de los oseznos se apartó del grupo y fue a su encuentro con una enorme cámara fotográfica de cartón. Grazia, que se había reservado para sí el papel de voz narradora, habló a través del micrófono.

Crrr..., crrr..., crrr..., gruñó el aparato en cuestión.

—¡Ha llegado el momento de las fotos! —anunció con entusiasmo la maestra—. ¿Y quién puede hacer la fotografía de grupo de nuestros oseznos mejor que Erminia, ella que se inventó un calendario entero?

Erminia no tuvo más remedio que prestarse, aunque la petición la cogió por sorpresa y le causó cierta incomodidad. Hizo la foto de mentirijillas ante la mirada de todos los daoneses, los cuales, como si se les hubieran paralizado de pronto los músculos de la cara, sonrieron con malicia durante un tiempo manifiestamente excesivo.

Es verdad que Grazia, la maestra, no había dado muestras de una gran maestría, pero incluso en su caso hubo quien recurrió a la excusa del virus.

Por suerte, a menudo la Providencia adopta aspectos inverosímiles, y ese día decidió presentarse en forma de carroza. El estruendo arrollador de la única carroza de Carnaval que avanzaba hacia el ayuntamiento puso fin al espectáculo. Todos los oseznos, los pingüinos, los pitufos, las princesas y los vaqueros, acompañados de sus respectivos padres con narices rojas o pelucas multicolores, se lanzaron a seguirla, formando un pequeño desfile que los conduciría a la carpa de la merienda.

La carroza. Ay, Dios. La carroza, si se la podía llamar así, no era otra cosa que el tractor de Luca C. Junior, un chaval de lo más antipático con el pelo negro y, más que rizado, crespo. En el pueblo todo el mundo sabía a qué correspondía esa C., aunque no se podía decir porque las palabrotas estaban prohibidas, al menos en Carnaval. Era el típico chulo al que había empezado a crecerle el bigote cuando tenía ocho años y fumaba sin parar a los doce, pero se cagaba encima ante la simple visión de un muchacho apenas un poco más alto que él.

El caso es que el tal Luca C. había cogido el tractor de su tío y, como era un aficionado a la música tecno, había instalado en él un equipo de sonido descomunal; los bafles eran tan grandes que parecían enormes orejas de elefante. Además, aunque los motivos no estaban muy claros, había disfrazado la carroza de monstruo verde, tipo dinosaurio-lagarto. En el remolque descubierto asomaban montones de niños y niñas vestidos de amarillo, a medio camino entre tigres y pollitos. Poco a poco, con los oídos doloridos, todos abandonaron el desfile que seguía a la carroza para dirigirse hacia la carpa de la merienda.

Luca C. aparcó entonces adrede delante de la puerta de

la iglesia. Desde lejos podía verse la carroza completamente verde casi dar botes a causa de los graves. Los niños bajaron y, a pesar de que llovía a cántaros, se pusieron a bailar en la plaza. Por lo que se sabe, el Carnaval es la época de los excesos y, después de los de las ancianas, ahora les tocaba a los jóvenes.

Erminia fue la última en salir del ayuntamiento, siguiendo el cortejo de lejos. El virus estaba haciéndole sufrir de verdad, pero quizá ese día la habían entristecido más las sonrisitas sarcásticas de los daoneses.

La presidenta emprendió el camino hacia casa; no tenía ganas de *krapfen* fritos, le daban dolor de estómago. Encendió un cigarrillo, pero la devastadora música de la carroza de Luca C. la arrolló con tal ímpetu que su paraguas salió volando como si se lo hubiera arrebatado una ráfaga de viento.

Nadie lo sabe —aparte de Carletto, que lo observaba todo desde la sacristía—, pero las frecuencias de los graves hasta hicieron saltar el maldito adoquín. De hecho, después del incidente, Armida había amenazado con demandar al ayuntamiento si no lo colocaban bien. El alcalde había llamado de inmediato a Moser, el encargado de mantenimiento, quien, en menos de lo que se tarda en decirlo, martillo en mano, repasó las cuatro calles del pueblo. El alcalde quería dejar un buen recuerdo de su mandato y, además, así los nuevos candidatos tendrían el camino un poco allanado. Pero ese día, por culpa de Luca C., el maldito adoquín saltó de nuevo debido a lo mucho que temblaba la tierra, tanto que las gallinas de

Amalia, pese a la muerte de Beppo, pusieron huevos ya cascados.

Una vez recuperado el paraguas, Erminia pasó con la cabeza todavía gacha por delante de la carroza. Su caminar era lento y triste. Los niños, en cambio, bailaban como derviches amarillos, algunos disfrazados de Pokémon gigante, tan panchos.

El padre Artemio, junto a tres *Funne* que pasaban por allí para ir en busca de *krapfen*, se santiguó. Y quizá fue en parte por eso por lo que Erminia decidió volver sobre sus pasos para unirse a los niños en su danza sin sentido. Por un instante ella también se dejó llevar y una sonrisa asomó a su rostro.

Con ese baile delante de todo el pueblo, Erminia pecó. Una vez más.

Por otra parte, ella podía bailar sola. Hacerlo en grupo le gustaba más, pero también podía apañárselas solita. Era Erminia Losa, la Reina de Corazones y presidenta plurielecta del club Rododendro, y no tenía miedo de nada ni de nadie.

24

En el corazón no se manda

Erminia, de todas formas, prefería bailar en grupo, y en el suyo habían quedado tres. Esa mañana, Armida y ella cogieron temprano el coche para ir a ver a su amiga Jolanda, que llevaba varios días en el hospital de Tione.

La revisión no había ido bien y el médico, un apuesto joven de la ciudad, muy distinto de Carmelo, había decidido ingresarla. Estaba un poco preocupado por una extraña arritmia cardíaca de Jole; en pocas palabras, el corazón le latía de forma insólita y había que mantenerlo bajo control.

A Jolanda, en el fondo, no le desagradaba en absoluto que la auscultase ese apuesto joven que le recordaba al de la telenovela que veía por las mañanas en la cocina.

Gracias a la conducción deportiva que distinguía a la presidenta, Armida y ella llegaron en poco tiempo al hospital. Durante el viaje no habían hecho otra cosa que hablar de virus, médicos, funerales y cementerios.

—Oye —le dijo Erminia a Armida, que se había puesto a rezar a la Virgen de las Nieves—, esto es una lata, hablemos de otra cosa, que en el pueblo el ambiente está como está y es suficiente. Las *Funne* están tristes, Beppo se ha ido al otro mundo y Jolanda está en el hospital. ¿Qué más nos puede pasar?

Entraron con paso decidido. Estaban realmente preocupadas por Jolanda, que era de esas personas con las que siempre puedes contar, que recoge las mesas del club cuando termina la fiesta y que, si la necesitas, no tarda ni cinco minutos en plantarse en tu casa.

Pero cuando entraron en la habitación no la encontraron tan pachucha como suponían. Al contrario. Estaba tendida en la cama, con las mejillas sonrosadas y el camisón blanco abierto hasta el pecho, mientras ese médico guaperas la auscultaba.

—¡Vaaayaaa! ¡Buenos días! —dijo Erminia con no poco sarcasmo—. Así que estás al borde de la muerte, lo que se dice enferma de gravedad, ¿eh, Jole?

Se produjo un silencio embarazoso. Siguió una sonrisita y por último una carcajada. Y después de la carcajada, una caricia. Porque, aunque no eran mujeres dadas al contacto físico, ese día hicieron una excepción.

Y así, en esa blanca y fría habitación de hospital, las tres amigas empezaron a hablar. Fuera, las montañas bañadas por una lluvia infinita; dentro, algunas gotas que bañaban sus rostros. Ese día las tres se sinceraron un poco, abrieron sus corazones mientras se apretaban con fuerza las manos como nunca habían hecho. Los últimos acontecimientos las habían impactado de verdad. Y la edad también se hacía notar.

Se confesaron la desilusión por las escasas ventas del calendario, pero sobre todo el disgusto por la reacción de las otras *Funne*, que en cierto modo las habían abandonado. Las tres habían sentido esa extraña opresión en el pecho mientras deambulaban por el pueblo, la sensación de haber querido hacer algo distinto, de haberse esforzado, pero, en el fondo, de no haber sido comprendidas y, en consecuencia, de que les habían dado de lado. Tal vez porque, como decían las ancianas, «a los pajaritos hay que tenerlos enjaulados, aunque sean más bonitos cuando los ves volando», recordó Jole mirando a través de la ventana.

Temían también por la suerte del Rododendro, porque el grupo de socias, después de aquellas extraordinarias aventuras, ya no estaba tan unido. Y para todas ellas el club había sido realmente, a lo largo de los años, el dónde, el cómo y el cuándo pasar el rato y soñar. ¡Y bailar!

Para Erminia había sido la tabla de salvación a fin de superar el bajón cuando sus hijos se marcharon de casa y, después de una vida sacrificándose para criarlos, se encontró sola. Con un marido tierno, pero gruñón. Sola. ¿Qué iba a hacer en lo sucesivo con su tiempo? ¿Cómo llenaría su vida en Daone, ella que había vivido de verdad un poco fuera de allí? Debía invertir ese tiempo en llenar un vacío.

Para Armida, el club era un pasatiempo necesario. Sus jornadas estaban marcadas por ritmos regulares, siempre iguales, con el Rododendro en el centro de su mundo desde que se quedó viuda a los treinta y ocho años y tuvo que arreglárselas para sacar adelante a sus dos hijos únicamente con la pensión que le quedó de su marido. Armida no habría podido renunciar a esa cita semanal y las diferentes actividades, sobre todo porque el club le permitía satisfacer, cantando en voz alta los números del bingo, el sueño que había alimentado de joven: ser actriz de doblaje.

Y para la tímida Jolanda, el club y las aventuras de ese verano eran todavía algo más. Para sentirse viva, Jole necesitaba lanzarse a los desafíos que la cabezota de Erminia se inventaba cada dos por tres. Pero ahora le preocupaba también el corazón. Ya no eran pimpollos. Además, habían quemado un poco su juventud. No como James Dean, sino bajo el sol de los campos, recogiendo heno. Ellas no la habían vivido con plenitud; Jole necesitaba vivirla aún, aunque ya se le hubiera pasado la edad. La de los dieciséis años, cuando encontró marido y, con alegría y sudor, formó una familia y tuvo dos hijos. Y después la vida le arrebató trágicamente uno. De esas heridas no es fácil recuperarse. Pero ese verano, con las aventuras del club, había podido pensar más en los sueños que en los recuerdos.

Ese día, en esa cama blanca de hospital sucedió algo. Era como si, sin decírselo, esas tres amigas-hermanas hubieran firmado un pacto secreto. No eran hermanas de sangre, evidentemente, pero muchas veces las de verdad hermanas lo son menos. Se miraron un instante a los ojos con un amor sincero y decidieron, en silencio, pero estrechándose con fuerza las manos, que pasara lo que pasase ellas seguirían adelante. Dieron un gran suspiro, en parte porque el médico guapetón entró de nuevo en la habitación.

—Señora Jolanda, vamos, desnúdese que debo auscultara otra vez —dijo.

—¡Ay, Jolanda, ese corazón...! En el corazón no se manda, ¿sabe, doctor? —dijo, más guasona que nunca, Erminia.

Total, que hicieron aturullarse no poco al médico, aunque este, por sorpresa (y fue una sorpresa también para él), exclamó con ojos de asombro:

—Toc, toc, toc, toc... Jolanda..., ¡su corazón! Ha vuelto a la normalidad. ¿Qué ha ocurrido? ¿Cómo es posible? ¡Los latidos son perfectos! Pero ¿se puede saber qué han hecho ustedes tres durante la hora que las he dejado solas?

Y así fue como sucedió. El corazón de Jolanda, después de esa charla entre amigas, volvió a la normalidad. Ya se sabe que, en la vida, a veces basta con un poco de corazón. Después todo se arregla. Y ella, pese a todo lo que le había pasado, tenía un corazón grande de verdad.

Jolanda salió ese mismo día del hospital y le regaló un calendario a su apuesto médico. El número de teléfono, sin embargo, no se atrevió a dárselo.

25

Mar tempestuoso

El virus pasó. Pero otra enfermedad se extendió por el Rododendro: el miedo. Y esa era más difícil de combatir.

—*Funne*, escuchad, hay que seguir adelante. Todas unidas. ¿Qué decís? ¿Seguimos adelante o no? Basta de cháchara, no sé qué os ha pasado. ¿Buscamos otra manera de conseguir dinero para ir al mar? ¿Todas juntas? —dijo Erminia en tono duro, tomando la palabra en el club después del pacto del hospital.

—Queridas *Funne*, debemos saber si todavía os sentís animadas para seguir adelante con nuestro sueño —explicó, más serena, Armida—. Necesitamos algo menos de tres mil euros para hacer una bonita excursión al mar de una semana en autocar, con chófer y pensión completa.

—Yo al mar no voy —dijo Chiara sin andarse por las ramas—. No, yo ya no voy.

—Yo tampoco —la secundó Valentina, en un tono que destilaba cierta culpabilidad.

—Ni yo —se sumó Amalia.

Y en la sala del Rododendro se oyó un sonido, el silbido

de una flecha que iba directa a clavarse en un corazón, mejor dicho, en tres corazones. Y después se hizo el silencio.

—¿Cómo es eso? ¿Y lo decís así? Pero ¿por qué? ¿Qué os ha hecho cambiar de idea? —preguntó Jolanda con una mano en el pecho.

—Yo estoy harta de hacer cosas, Jole. Y aparte de eso, a mí la foto del calendario no me gustó, me imaginaba con otro vestido, y además, he hablado con mi familia y, la verdad, no tengo ganas de seguir montando espectáculos para conseguir dinero. No voy —dijo, sin una pizca de corazón, Chiara.

—Yo lo que he pensado es que no tengo ganas de estar tantas horas metida en un autobús, que luego no puedo levantarme del asiento —dijo Amalia, que desde la muerte de Beppo ya no era la misma.

—Teníamos que haber ido antes, hemos esperado demasiado y ahora todo el pueblo habla a nuestras espaldas, así que yo tampoco voy —intervino Valentina.

Silencio. Solo se oyó el ruido de tres corazones hechos trizas como cuando se parten avellanas con el cascanueces. El ruido del dolor. Del turrón duro al partirlo con la mano. Silencio. Sobre la mesa, miel goteando.

—En mi caso es el corazón, Erminia, sabes que lo tengo delicado. Si voy, seré una carga para vosotras porque tendréis que llevarme a todas partes. No quiero pasarlo mal. Ir al mar ha de ser un placer, y yo no puedo ir con una maleta de medicinas, tendría que llevarme hasta un médico solo para mí —se lamentó Vitalina.

—He esperado hasta los ochenta y cinco para ir al mar, de manera que puedo continuar sin ir. Para mí el mar es y será el lago de Morandino, y el otro lo veo en la televisión, así no me da miedo —concluyó Irma, partiéndole definitivamente el corazón a Erminia.

Inesperado. Dolor. Punzada en el corazón. Sueño interrumpido. Silencio. Ruido de cascanueces. Avellanas machacadas. Miel goteando.

—Entonces ¡¿no venís?! Muy bien. Pues ¿sabéis lo que os digo, *Funne*? —La voz de Erminia sonó en un *crescendo* que sobresaltó incluso al alcalde, que estaba saludando en la primera planta del ayuntamiento—. ¡Con el dinero sobrante, estaremos nosotras más días en el mar, pero ya podéis olvidaros de contar el año que viene con cosas como calendarios o excursiones, y puede que hasta con el club, os lo aseguro! Ya podéis olvidaros, porque yo ya no quiero tener nada que ver con mujeres. Voy a trabajar solo con hombres, y no os atreváis, no os atreváis, repito, a quejaros de que alguna ha venido al mar en vuestro lugar, porque en cualquier caso nosotras vamos a ir, aunque sea solas, y a vosotras, *Funne*, que os zurzan, sí, señor —estalló Erminia.

—¿Por qué no queréis venir? —preguntó Jolanda al borde de las lágrimas—. Si acabamos consiguiendo el dinero, será todo gratis. No habrá que pagar nada y, por una vez en la vida, estaremos todas juntas.

—Pero ¿por qué no organizáis algo que no sea ir al mar, una excursión al santuario de Piné, por ejemplo? —preguntó Valentina.

Inesperado. Dolor. Punzada en el corazón. Sueño interrumpido. Silencio. Ruido de cascanueces. Avellanas machacadas. Miel goteando. Murmullo del mar a lo lejos desvaneciéndose.

MARZO

26

En Daone no pasa nada en marzo

Desde siempre, desde tiempos inmemoriales, en el mes de marzo en Daone no pasaba nada. Nada de nada. Era como si el pueblo y sus habitantes permanecieran congelados durante un mes, en espera de la primavera.

Y así fue también ese mes de marzo. Además, soplaba mucho viento.

No sucedió nada. Menos que nada.

Lo único que pasó fue que Carletto trajo de Bondo a Daone la imagen descongelada de san Bartolomé, cuya restauración había concluido. A su regreso, sin embargo, se encontró con que en su sitio habían puesto la imagen de la Virgen de las Nieves.

Y ahora ¿qué? Desde luego, el santo no se lo tomó a bien.

ABRIL

27

El *deus ex machina*

—¡Massimo, Massimo! ¿Sabes quién soy? Soy Armida Brisaghella, de Daone, ¿te acuerdas de mí? Soy la de la palangana, la del *Love Boat*. Necesitamos hablar urgentemente contigo. Se trata de un asunto muy grave. ¿Cuándo puedes venir? Nosotras estamos siempre, no tienes más que llamarme a casa. A la hora de las comidas —dijo apretando el teléfono Armida, en compañía de Jolanda, ese primero de abril muy temprano.

Massimo pensó que era una broma. Después de todo, era *il Pesce d'aprile*,* y Carletto ya estaba preparado con sus peces de goma en el lago de Morandino. Pero no era una broma. Su Armida lo necesitaba de verdad. Después de una llamada telefónica durante la que entendió poco, muy poco del problema, decidió, sin dudarlo un momento, ir con su Jeep a Daone. Al fin y al cabo, seguía siendo su hombre de los sueños.

Las dos lo esperaban bastante inquietas en el bar El paraíso perdido tomando un té. Tras un tiempo infinito de amables formalidades, las *Funne* relataron a Massimo, sin orden ni concierto, los hechos de los últimos meses.

—Pero ¿cómo que el calendario no ha gustado? ¿En serio? —se sorprendió él—. Así que habéis vendido pocos... Teníais que haberme llamado, teníais que habérmelo contado, ¿y no dais señales de vida hasta abril? Pero ¿por qué no me habéis llamado antes?

—Verás, Massimo —dijo Armida—, aquí los días y los meses se acaban más rápido que el pan, hay miles de cosas que hacer, fueron las fiestas, luego hubo una extraña epidemia de un virus y ahora... Bueno, te hemos llamado ahora, pero ni siquiera Erminia lo sabe.

—Es verdad, ¿dónde está Erminia? —preguntó Massimo.

—En casa. En el sofá —respondió escuetamente Jolanda.

—Hemos decidido llamarte nosotras dos y buscar una solución para vender los calendarios, si se puede hacer algo. Porque todavía nos falta dinero para ir al mar. Hemos pensado que, a lo mejor, tú tienes alguna idea. Quizá podríamos venderlos rebajados, ¿cómo lo ves? Una especie de saldo, para sacar algo —prosiguió Armida.

—¡Madre mía, *Funne*! Y me llamáis en abril. Os dejo solas tres meses y mira la que habéis liado. A ver, que piense... ¿Qué se puede hacer con los calendarios? ¿Cómo podemos conseguir dinero para mandaros al mar? Además, yo también quiero ir —dijo Massimo. Así que se puso a pensar.

Y pensaron. En silencio. Cada uno inmerso en sus propias reflexiones en torno a la mesa de té, mientras en la otra punta del bar algunos clientes comentaban a gritos la escena mientras se tomaban el vino blanco del aperitivo.

De repente, Massimo pronunció dos palabras:

—La red. ¡Pues claro! ¡*Funne*, la solución podría ser la red!

—Perdona, Massimo —dijo Armida un poco torpemente—, no tengo práctica ni conocimientos en la materia, pero debo decirte que aquí los practicantes de pesca deportiva no utilizan red, sino caña. Me refiero a la de pescar, ya sabes, ¿no?

28

El solucionador

El solucionador llegó a primera hora de la mañana, un espléndido día de primavera. Lo vieron acercarse a pie desde la otra punta del pueblo. Llegó con un maletín que despedía una luz brillante. Y con la seguridad y el paso de quien sabe lo que hace. Una sonrisa radiante en los labios, la rizada pelambrera castaña al viento. El solucionador se llamaba Alberto, aunque todos lo llamaban Wolf, es decir, Lobo. Lobo Alberto, vamos.

Alberto era sobrino de Ores, o quizá de Bice, o de Maria; en cualquier caso, era hijo de Cesare y primo de Norma. Armida no se acordaba bien, pero la cuestión es que lo llamaron Massimo y Jury, que de cosas tecnológicas entendían bastante.

Las Tres Marías lo esperaban en el más absoluto secreto en el balcón de casa de Erminia, aunque esta aún no había entendido una palabra de quién era y para qué servía ese solucionador. Sus amigas habían querido darle una sorpresa.

Alberto entró con su metro noventa de mocetón y,

cuando lo invitaron a sentarse, lo hizo en un taburete, frente a la chimenea del salón, junto a las *Funne*, que lo observaban sin temor. Hicieron falta horas para precisar el linaje de Alberto, pero luego, convencidas de su fiabilidad genealógica pese a un sospechoso vínculo con los Filosi de Praso que impuso un silencio forzado, le pidieron que hablara.

Y silencio hubo. En el sentido de que nadie habló, quizá porque no estaba claro qué debía suceder durante ese encuentro entre tres ancianas, un solucionador y un maletín brillante dejado sobre la mesa. Fue Armida quien rompió el silencio al preguntar, muy intrigada, qué contenía el maletín.

—Estimada señora Armida, le respondo de inmediato —dijo el solucionador, que tenía maneras de persona extremadamente educada—. En el maletín está la red.

—Ah, este Massimo es un provocador, date cuenta, Jolanda, mira que le expliqué que aquí no usamos red, acuérdate. Este Massimo es guapo, pero es un provocador —afirmó Armida con una sonrisa detrás de las gafas, pues, cuando reía, en realidad lo hacían sus ojos.

—Estimada Armida y también ustedes, Jolanda y Erminia, Massimo me ha dicho que necesitan la red y me ha pedido que les explique brevemente qué es y cómo funciona —especificó el solucionador.

—Vamos, vamos, muchacho, venga, habla claro que, si no, no te entiendo —dijo al final Erminia, a quien hacía mucho que no se la oía.

—Bueno, de acuerdo, yo hablo así, pero lo intentaré.

Lo que quería decir y hacer hoy, y de lo que Massimo y yo hemos hablado, es intentar vender el calendario, con objeto de recaudar dinero para su excursión al mar, empleando la red con una iniciativa que se llama «*crowdfunding*» —dijo Alberto balbuceando un poco.

—¿*Crauduffing*? ¿*Craupadding*? ¿¿¿Qué es eso??? —exclamó Erminia.

—Señora Erminia, se trata de una especie de colecta virtual, o sea, que no es real y se hace en red, utilizando internet. Massimo y yo hemos pensado contar su historia a toda la gente de la red y, después, pedir una contribución para reunir el dinero que les falta, quizá ofreciendo como regalo el calendario... Por cierto ¿ustedes saben qué es internet?

—¿Internet? —dijo Erminia, con el signo de interrogación dibujado en la cara, dirigiéndose a sus amigas, que no habían apartado la vista ni un momento del maletín.

—Yo no tengo ni idea —respondió Armida con una mirada de soldado del Ejército Rojo—. Para mí es un agujero negro.

—Yo tampoco. Verás, Alberto, aquí, en el valle, no sabemos nada de esas cosas —dijo Jolanda, que veía al muchacho como si fuese uno de sus nietos.

Y así fue como, a partir de ese momento, el solucionador, una vez que hubo extraído el contenido del maletín, acompañó a las *Funne*, estrechándolas fuertemente contra sí, en un larguísimo, extenuante, divertidísimo, incomprensible y delirante viaje por la red, por el mundo de internet.

Junto al nuevo «nieto», viajaron por cosmos infinitos, entre galaxias perdidas, con flores y mariposas gigantes, animales, aeroplanos, dibujos animados, palabras escritas con letras grandes y pequeñas, instrucciones, tractores, imágenes de todas las formas y colores. Pasaron de Europa a Japón con un clic, bajaron montañas rusas a toda velocidad para aterrizar con Google Maps delante de la puerta de casa. Vieron las fotos de sus familiares y sus fechas de nacimiento y muerte. Descubrieron los misterios de los faraones y las previsiones del tiempo para la semana siguiente. Fueron en busca de sus antepasados y se detuvieron llorando ante un niño que daba los primeros pasos. Se enteraron de todo sobre la política internacional, sobre los fundadores de Facebook y de lo que era Facebook, aunque lo llamaban «Féisbuk». Incluso vieron una misa del papa Francisco, después oyeron la voz de Angiola Baggi y calcularon los kilómetros que las separaban del mar. Luego quisieron ver todas las playas del mundo, para elegir la más bonita, y los precios de todas las pensiones de tres estrellas. Acabaron en un torbellino de luces cantando con Gianni. Y se sintieron tan culpables por haber viajado tanto por ese mundo lejano que tuvieron que rezarle una oración a su Virgen, la cual, según descubrieron en internet, no era solo suya.

—Pero ¿cómo es eso? —preguntó, contrariada, Erminia—. ¿La Virgen de las Nieves está también en otros sitios, no solo en Daone? ¿Cómo es posible, nieto?

El amable Alberto les abrió una ventana sobre la Virgen. Leyeron y hablaron de Ella, quizá con Ella, y descubrieron que había muchas Vírgenes de las Nieves y que todas se celebraban el cinco de agosto. Pero lo que más las sorprendió fue que una se había ido a vivir nada menos que en medio del mar, para ser precisos a Croacia, a la isla de Ugljan. ¿A causa de toda esa nieve tal vez? ¿O del frío?

Caída ya la noche, descendieron por fin a la tierra extenuadas por el largo viaje, pero Alberto les pidió un último esfuerzo: que pensaran en una palabra, la suya. *Funne*. Para abrir en el mundo de internet una ventana sobre su historia.

Fue un momento en el que se mezcló lo poético con la excitación, como la primera vez que se hace el amor. El primer beso. La primera comunión. Una iniciación. El pacto de sangre que se establece entre chiquillos detrás del árbol más grande del patio del colegio para fundar una sociedad secreta, un club. Fue como hacer el examen para obtener el carnet de conducir: tienes miedo, pero, después, cuando empiezas a conducir, sientes ese estremecimiento de libertad y ya no hay quien te pare. Ahora eran libres de viajar a cualquier parte.

Su ventana abierta al mundo se llamó: *Las chicas que soñaban con el mar.*

Y desde esa ventana, ese día de primavera, junto con su nieto de adopción, sintieron el primer soplo del que sería un largo y cálido verano. El verano de las *Funne* y de su sueño de ir todas juntas al mar. Por primera vez, gracias en parte a internet. Y por primera vez, Erminia pulsó las teclas de un ordenador, saltando de alegría en la silla.

—*Crowdfunding* —exclamó Armida de forma inesperada. Y consiguió pronunciarlo bien.

—Yo creo que la gente nos ayudará —dijo Jole ingenuamente—. Y a lo mejor así alguna de las otras *Funne* que ya no quieren venir cambia de idea.

—Seguro que no —objetó Erminia—. Pero vamos a ver qué pasa, total...

Quién sabía adónde las llevaría ese viaje. No tenían ni la más remota idea. Ni si se vestirían de fiesta o quizá, mejor aún, si se comprarían un traje de baño de dos piezas.

29

Hola, internet

—Hola, internet, soy Armida, una de las *Funne* del calendario de un pueblecito de montaña. Queremos hacer realidad nuestro sueño de... [larguísima pausa interrogativa] ir... [segunda pausa, muy larga] ¿Adónde? Al mar... ¿A hacer qué? Ir al mar para pasar unos días... [otra pausa larga] placenteros, en compañía de las *Funne*. Para conseguir el dinero, os pedimos ayuda con el *crowdfunding*. Si podéis ayudarnos, os lo agradeceremos de corazón. Y se lo agradeceremos al *crowdfunding*.

Y así empezó el viaje de las *Funne* y de su historia por internet, con una videollamada de regusto local, que despertaba una gran ternura porque sabía a polenta y a caramelos.

Pero el trabajo que había que hacer en internet era mucho y el tiempo poco. Así pues, las *Funne* decidieron buscar alojamiento a su nieto Alberto, para que pudiese trabajar tranquilamente sin tener que ir y venir de la ciudad al pueblo, y viceversa. Además, así podrían controlarlo. Y había aún otro motivo: ese primer viaje por la red no les había desagradado en absoluto y querían saber más de ella.

Eligieron un alojamiento alejado de miradas curiosas, un cuartito en la última planta del hotel-restaurante El valle. De ese modo, Alberto tendría también resuelta la cuestión de la comida, que allí era buena y saludable. Durante tres semanas, las tres amigas se dedicaron al estudio de internet con gran diligencia y seriedad, tanto que en poco tiempo se convirtieron en las mayores expertas que había en tecnología y ordenadores en el pueblo de Daone.

Pese a que había que mantener el asunto en secreto, su emoción era tal por todo el saber que estaban adquiriendo, toda esa ciencia y ese conocimiento, todas las bonitas palabras en inglés, que a Armida se le escapó algo en la carnicería cuando aconsejó una venta online de salchichas a Marcello, quien, además de saber de fotografía, tenía nociones de internet. Menos mal que Bergamina acababa de salir de la tienda.

En el pueblo, ahora todo bicho viviente callaba. Entre otras cosas porque, después de la marcha del llorado gallo Beppo, nadie más parecía dispuesto a cantar. Tras la bronca de Erminia y la crisis del Rododendro, había vuelto la calma. Al menos en apariencia.

El virus ya era historia, a Bergamina se le habían curado las aftas de la lengua y la Virgen de las Nieves reinaba en la iglesia, soberana y serena, sobre todos los daoneses. La paz había regresado al pueblo, y alguien dijo que quizá la culpa de aquel caos había sido del santo, Bartolomé, pues desde que lo habían sustituido por la Virgen no había habido más problemas.

Y, verdaderamente, sobre la Virgen no había nada que decir. De hecho, cuando las *Funne* descubrieron que existía una Virgen de las Nieves «marina», en Croacia, no tuvieron ninguna duda sobre la meta de su viaje. Debían ir a verla, estuviera donde estuviese.

Pese a su fama de extravagantes, las tres amigas eran mujeres muy devotas, y si había una cosa que les gustaba y a la que no podrían renunciar era, precisamente, la fiesta en honor de su patrona, que caía, como saben hasta las piedras, el cinco de agosto. Debido a sus múltiples actividades —entre muertos, santos, cuñados, bautizos, confirmaciones y polentas varias—, la disponibilidad de tiempo que tanto ellas como la parte del grupo restante tenían se reducía a la primera semana de agosto, esto es, justo los días que se festejaba a la patrona. ¡Pues ese año lo celebrarían fuera de casa! Dos pájaros de un tiro. Dos sueños al precio de uno.

—Queridas *Funne*, sabéis que ese lugar donde festejan también a vuestra patrona está lejísimos, ¿verdad? Y está en una isla —dijo el nieto una mañana en la terraza del restaurante El valle, pues hacía un sol que permitía dar la clase al aire libre.

—Querido Alberto, a nosotras nos da igual dónde esté y a qué distancia. Queremos ir al mar a festejar a nuestra Virgen. Y, además, nos parece bien ir una isla. Hay mar, y con eso basta —rebatió en tono firme Armida mientras sacaba del bolso la libreta para tomar apuntes.

—Sí, Armida, muy bien, pero tenemos que mirar adónde vamos a ir, lo lejos que está y si nos alcanza el dinero, pues, si el viaje es demasiado largo, no vendrá nadie, y además habrá que hacer demasiadas paradas para ir al aseo. Y tú, Alberto, venga, enséñanos esa isla —dijo Erminia.

Y así fue como Alberto mostró a sus abuelas las primeras imágenes de la paradisíaca isla. Silencio. Solo se oía el murmullo del mar alrededor del restaurante El valle.

—¡Aaah! —exclamaron a coro, imaginándose ya tumbadas sobre aquella arena blanquísima, con la cálida brisa calentándoles el rostro mientras bebían un cóctel sin alcohol y con una sombrillita, como en las películas.

—Hemos de comprarnos sin falta un sombrero para el sol, ¿eh, Jolanda? —dijo Erminia, interrumpiendo el sueño conjunto.

—Sí, *Funne*, pero antes debemos terminar de preparar la campaña en la red —precisó Alberto—. Tenemos que lanzar el *crowdfunding* y conectarlo a la página de Facebook con vuestra petición y vuestra historia. Después, quizá podríais haceros unos selfis para colgarlos en la página y, sobre todo, establecer la cantidad que os falta para ir al mar, el plazo para alcanzar el *goal* y, por supuesto, las recompensas que recibirán los seguidores...

—¡Aaah!

De pronto, sentada a la mesa en la terraza-bar de El valle, Armida sufrió un vahído. Demasiadas palabras difíciles todas juntas, o quizá había padecido una insolación primaveral, ya que allí arriba, en la montaña, el sol es más intenso que en el mar y, cuando pega, hace daño. Erminia tenía razón, debían comprarse un sombrero antes de emprender el viaje.

Pero bastó un poco de agua con azúcar para que Armida se recuperase y una enésima regañina de Erminia para poner freno al nieto, que cuando metía la quinta y empezaba a hablar así no se le entendía nada. Prosiguieron la clase escribiendo la historia de su sueño en esa ventana abierta al mundo que se llamaba «página de *Féisbuk*» (como dijo Armida con orgullo). Después añadieron en ella unas cuantas fotos de las tres y de las otras socias, pero sobre todo las del calendario y el vídeo en el que se dirigían a toda la gente de internet. A continuación, se pusieron a hacer cuentas para saber cuánto debían pedir, calculando que serían un grupo de doce *Funne*, el coste de alojamiento con pensión completa, del autocar y de los sombreros para el sol. Faltaban tres mil ciento dieciséis euros, que necesitaban reunir antes del cinco de agosto, fecha del *goal* o de la Virgen de las Nieves, según se mirase.

Solo les quedaba por decidir las «recompensas», como Alberto las llamaba, y lo lanzarían todo a la red.

Pero ¿para quién eran las recompensas? ¿Quién se merecía una? ¿Y por qué? Armado de paciencia, el nieto les explicó que, cuando se lleva a cabo un *crowdfunding*, para dar las gracias a todos los que participan con su aportación, en resumen, para ser educados, se les da una recompensa. Se les hace un pequeño regalo, de eso ese trataba. Graziella, única testigo de esa reunión en la terraza del restaurante El valle, asegura que para decidir en qué iban a consistir los regalos estuvieron hasta las dos de la madrugada, y que hasta se saltaron la cena para que Alberto no se acostara todavía más tarde. Las *Funne* viajaban ya a mil por hora, con las ideas lanzadas y repescadas en ese nuevo mundo, en el que se sentían un poco a este lado y un poco al otro. Entre dos islas.

30

Croadfanding o como se llame

La esencia de las innumerables clases quedó plasmada en la libreta de Armida en su lenguaje, mucho más coloquial, bajo el título «Apuntes informáticos para traducir a Alberto o para releer en caso necesario». A continuación, en primicia, un extracto:

APUNTES DEL *CROADFANDING*

- ✓ *Croadfanding* es donde se recoge el dinero de la colecta para que nosotras, las *Funne*, vayamos al mar. Se lanza en la red. Lo hace Alberto. La gente puede poner el dinerito ahí.
- ✓ *Féisbuk* es como una ventana en la red, pero no la de los pescadores, sino otra cosa. Es una página donde se escribe. Así que hemos escrito ahí con Alberto nuestra historia y hemos puesto las fotos del calendario de Massimo, ya que a lo mejor alguien lo compra porque está rebajado a mitad de precio.
- ✓ Dinero: faltan tres mil ciento dieciséis euros para

que todas las *Funne* del calendario vayamos al mar. Hay que pedirlos a la gente del *croadfanding*.

- ✓ Días: nos han dicho desde internet que tenemos noventa días para conseguir todo ese dinero. Tenemos tiempo hasta el cinco de agosto, que es también el día de la procesión, si no, vence todo («gol», lo llama Alberto).
- ✓ Mar: iremos a esa isla donde hay otra Virgen de las Nieves. Con Alberto, hemos descubierto que hay más de una Virgen de las Nieves. En internct hemos encontrado también una panadería y un restaurante que se llaman así. De manera que, si vamos al mar en agosto, como queremos, no nos perderemos la fiesta de nuestra Virgen y el padre Artemio no se llevará un disgusto.
- ✓ Recompensas: son los obsequios para los que nos darán dinero. ¿Qué les regalaremos? Hemos anotado ideas, porque queríamos ofrecerles una comida aquí, pero Alberto dice que resultaría un poco complicado.
- ✓ Ideas para el regalo: una postal del mar firmada por nosotras, claro que si hubiera que hacer muchas acabaría doliéndonos la muñeca. Aunque no los invitemos a comer, podemos enseñarles recetas nuestras, y Alberto dice que estaría bien que hiciéramos un vídeo de eso para lanzarlo también en la red. Además, a Erminia se le ha ocurrido hacer un pin del Rododendro (con nuestra flor, así se acordarán de nosotras y del valle).

MAYO/JUNIO

Porque lo que se cuenta a continuación fue tal desbarajuste que, al final, nadie recordaba si ocurrió en el mes de mayo o en el de junio

31

Los hombres prefieren a las *Funne*

Una mañana casi de verano —entonces era mayo, seguro—, solo un suave pero, aun así, fastidioso canto de grillos rompía el monótono sonido del viento en Daone. Todo callaba, un poco más de lo habitual. Las cuatro calles y los dos cruces del pueblo estaban desiertos, en silencio, un poco más de lo habitual. Por eso un pequeño erizo, absorto en sus pensamientos, estaba atravesando uno de los cruces con la más absoluta parsimonia, un poco más despacio de lo habitual, tanto que alguien que pasaba por allí lo cogió para llevarlo más deprisa al otro lado. La mermelada de erizo tan temprano sentaba mal. Las persianas metálicas de Marcello y las de Sonia estaban todavía bajadas; solo habían subido, hacía muy poco, la de El paraíso perdido. El bar estaba a punto de abrir sus puertas, aunque con más calma de la habitual.

Pero, de pronto, un repique de campanas interrumpió bruscamente ese sosiego. Rara vez se oían en Daone unas campanadas tan majestuosas, por lo que en las casas todos se preguntaron qué mosca le había picado a Carletto esa mañana a las ocho. ¿Qué pasaba para que las tañese con semejante ímpetu?

Din, don, din, don. DIN, DON, DIN, DON, sonaron cada vez más fuerte las campanas, y ese sonido colmó el aire, retumbó y rebotó de tal modo que incluso llegó a la casa de Beppo, el que vivía en la presa. El Beppo que estaba en el cielo, en cambio, se hizo el sordo, porque no quería que su eterno enemigo se saliera con la suya. Carletto estaba esforzándose más que nunca ese sábado por la mañana de mayo y nadie sabía por qué. Sin embargo, el repique, tal como había empezado, cesó. Y se hizo de nuevo el silencio. Pero uno de esos que anuncian algo, que preceden a un estruendo todavía peor.

Din, don, din, don, volvieron a sonar las campanas, pero esta vez con un repique claramente más solemne que el de antes.

«Buenos días a todos los oyentes. Esta mañana en Radio Vaticano hemos contactado con un grupo de señoras muy divertidas de un club de jubilados de un pueblecito de montaña del Trentino; se hacen llamar las *Funne*, que en el dialecto de su región significa «mujeres», y tienen un sueño dorado. Oigamos de qué se trata. ¡Hola! Señora Erminia, ¿me oye?», dijo la locutora.

Resultó que, en realidad, el segundo repique de campanas no procedía de la iglesia del santo, temporalmente ocupada por la Virgen, sino de una iglesia mucho más lejana, de una plaza mucho más grande, de una ciudad mucho más santa, conectada con las radios de todo Daone. Los daoneses, ya se sabe, son gente muy devota.

—¡Madre mía, Jolanda, qué emoción! Escucha las campanas del Papa, escucha cómo hablan de nosotras en el Vaticano. ¿No te parece increíble? —exclamó, más emocionada que nunca, Erminia.

Pues sí, era verdad. El sonido de las campanas procedía directamente de Roma, de la plaza de San Pedro. Porque, como en todos los cuentos que se precien, después del lanzamiento en la red que el nieto de la pelambrera al viento había propuesto, alguien había descubierto su historia. Y el primero en enterarse había sido precisamente él. Ese Él vestido de blanco que vivía en Roma, aunque no había nacido allí.

—Buenos días, señora. Soy Erminia —se presentó la presidenta del Rododendro, con voz trémula pero exhibiendo su mejor italiano—. Disculpe, estoy muy emocionada y no acabo de creerme que me llamen desde Roma, casi siento frío... Virgen santa, Jolanda, cómo me late el corazón —balbució susurrando, con una mano sobre el corazón para controlarlo, en un estado en el que nadie la había visto ni volvería a verla.

«Hola, señora Erminia. Yo también estoy emocionada. Su historia despierta entusiasmo; la hemos descubierto en la red y ha llegado hasta el Papa. Queremos saber algo más de ustedes, de su sueño de ir al mar. Háblenos de ese *crowdfunding*», dijo la voz en la radio.

Ninguna de las tres daba crédito. Caminaban, nerviosas, de un lado a otro del salón-bar del Rododendro, sin entender muy bien lo que estaba sucediendo. Tenían un solo móvil, y habían puesto el manos libres para oír todas a la vez lo que esos señores amigos del Papa decían en el otro extremo de la línea. Pero eran incapaces de estar quietas. No paraban de darse codazos y de esbozar sonrisas tan azoradas que acabaron sonrojándose. Alguien dijo, aunque nadie tiene pruebas, que Erminia, llevada por la emoción, se tocó el pelo con ambas manos, alborotándose por un momento su temible pelo de guepardo. Y que estaba casi conmovida.

Mientras tanto, después de los «din, don», en el pueblo empezó un concierto de «ring, ring».

Riiing, riiing, riiing..., sonó el primer teléfono.

Riiing, riiing, riiing..., le hizo eco un segundo teléfono, y luego un tercero y un cuarto, y así hasta rondar la treintena, de tal manera que los cables negros y gruesos de las centralitas comenzaron a moverse como anguilas debido al exceso de velocidad con que se transmitían las palabras y sonaban los «ring, ring».

«Y pasamos ahora al siguiente reportaje. Estamos en un pueblecito de Val di Daone, en el Trentino, donde un grupo de admirables señoras entradas en años que no han visto nunca el mar ha decidido llevar a cabo un *crowdfunding* para cumplir su sueño. Porque, como todo el mundo sabe, los sueños no tienen edad. Pero ¿las pensiones actuales permiten a los ancianos hacer sus sueños realidad?», dijo el presentador del noticiario de la mañana de la tele.

Riiing, riiing, riiing…, sonaban sin parar y casi sincronizados todos los teléfonos del pueblo, de manera especial el de Erminia, aunque este estaba siempre ocupado.

¡Vaya que sí! Ese nieto de la pelambrera al viento y las Tres Marías la habían armado buena, dijo para sus adentros Carletto mientras veía el reportaje dedicado a las *Funne*.

¡Nada menos que en el noticiario de la tele habían acabado!

—No me lo puedo creer —le dijo a la imagen del santo, que se encontraba en un rincón de su cuarto y todavía envuelto en celofán tras la restauración.

Riiing, riiing, riiing…, sonaban sin parar el teléfono del restaurante El valle y el de la cooperativa, que estaban atendiendo las continuas peticiones de emisoras de radio y cadenas de televisión que querían entrevistar a la presidenta del club Rododendro, Erminia Losa. Pero ella se encontraba aún ocupada hablando por teléfono con el Vaticano.

«¡Gracias, señora Erminia. Esto es todo desde Radio Vaticano. Esperaremos con impaciencia la postal del mar y deseamos que hagan realidad su sueño. ¡Y no olviden la postal, por favor!»

—¡Por supuesto! Pero una cosa, señora…, ¿podemos enviarle la postal directamente al Papa? Para nosotras sería un sueño inimaginable. También podemos mandar al Papa nuestro calendario, o incluso ir a llevárselo en persona —propuso Erminia, cohibidísima.

«¿Y por qué no, señora Erminia? Ustedes nos han enseñado, con su historia, que los sueños pueden hacerse realidad, que basta con creer que es posible. Pero ahora díganos exactamente cómo pueden compartir ese sueño y adónde ha de hacerles llegar la gente el dinero que les falta.»

Esa pregunta provocó de manera definitiva en las *Funne* un estado de extrema agitación, casi de pánico.

—Al *croadfanding* —dijo Armida tras consultar su cuaderno de notas, segura de haber entendido bien la explicación de Alberto.

—O a internet —añadió Jolanda—. Pero si no encuentran a nadie en la red, pueden enviar el dinero en un sobre a nuestra dirección del club Rododendro, en la calle San Bartolomeo número once.

La señorita de la radio no hizo ningún comentario, o más bien prefirió no hacerlo. En lugar de eso, les pidió que eligieran una canción para transmitirla por las ondas y se despidió con muchísima amabilidad.

—Saludos para usted y para el Papa —dijo para acabar la conversación Jolanda.

—Y si vamos a ver al Papa, ¿tenemos que teñirnos el pelo, Erminia? —preguntó Armida después de haber colgado el teléfono, como si tal cosa.

—Ah, yo sí que me lo teñiré, pero con efecto *nature* —dijo Erminia, que normalmente no entendía los comentarios de Armida.

—Tú estás bien así, Erminia, tu pelo no parece teñido, sino natural. Yo lo llevo blanco porque las mujeres viejas que se lo tiñen de negro no me gustan nada. Hacen el ridículo. Yo me mantengo de blanco. Aunque a lo mejor me lo teñiría si, en lugar de ir a visitar al Papa, fuéramos a ver a Gianni Morandi.

32

Al corro de la patata

Andavo a cento all'ora, la canción de Gianni que las *Funne* habían elegido al terminar la entrevista en Radio Vaticano, sonaba en los receptores del pueblo. Después ya no se entendió nada.

«A group of elderly women from a village in northern Italy have long dreamed of seeing the sea. They call themselves the "Funne" (pronounced FOO-neh), which in their dialect means "women"...» [...] *«Para recoger dinero, primero vendieron tartas y dulces en las fiestas del pueblo. El resultado fue decepcionante. El siguiente paso fue una aventura: hacer un calendario... Se crearon grandes expectativas, pero las ventas fueron un fracaso...»* [...] *«O velho ditado "burro velho não aprende línguas" não funcionou. Foram à Internet e através de crowdfunding pediram ajuda. Ajuda que chegou de várias partes do mundo...» [...] «Deniz görme hayallerini gerçege dönüştürmeye karar veren kadınlar, ilk başta pek de başarılı olamamış...»*

Y desde esa mañana, más silenciosa de lo habitual,

Daone dejó de ser un pueblo silencioso. Esas tres *Funne* traviesas causaron tal alboroto que el silencio desapareció. Definitivamente. Desde el momento en que Radio Vaticano se hizo eco de su historia, esta superó con mucho los cien por hora: de las emisoras de radio nacionales e internacionales a los noticiarios de la tele, de los periódicos de todo el mundo a las noticias en la web, todos formando un corro de «ring, ring» y «din, don, dan» que duró mucho, mucho tiempo. A buen seguro todo mayo y junio de ese largo y cálido verano.

Al corro de la patata, comeremos ensalada, lo que comen los señores, naranjitas y limones. Achupé, achupé, sentadita me quedé.

«Las mujeres de Trento que soñaban con ver el mar», «*Funne*: las octogenarias que soñaban con el mar», «Las ancianas y un sueño dorado: "Tenemos ochenta años, pero queremos ver el mar"»... informaban los periódicos de todo tipo y procedencia, y por todas partes se oía la palabra «*Funne*», que muchos ni siquiera sabían qué significaba y había que explicárselo pacientemente. En Daone, en el bar El paraíso perdido, donde se vendía la prensa, ya no daban abasto para atender la demanda: a las ocho de la mañana todos los diarios se habían agotado, cosa que jamás había sucedido hasta entonces, ni siquiera cuando Italia ganó los Mundiales. En el ayuntamiento incluso tuvieron que contratar a una telefonista para ayudar al secretario a atender las llamadas procedentes de las radios y los periódicos, y se bloqueó el número de Erminia: ya había fundido el móvil, y no podía más de preguntas y más preguntas, que, dicho sea de paso, siempre eran las mismas. En internet, su historia estaba dando la vuelta al mundo, y el *crowdfunding* cosechaba un éxito inesperado. Llegaban donaciones de todo tipo de personas y de todas partes, porque esas ancianas caían bien a todos: del superejecutivo de Londres a los camioneros, de la asociación Abuelas de Italia a la propietaria de un famoso y selecto restaurante de Barcelona, e incluso recibieron dinero de un jubilado que, como no sabía manejarse en internet, mandó por correo postal al Rododendro un sobre con billetes, un gesto que las hizo llorar, literalmente.

Algunos, los más jóvenes, quisieron a toda costa el pin del Rododendro para sentirse parte del fenómeno o porque su abuela tampoco había visto nunca el mar; otros contribuyeron porque querían aprender a hacer una buena polenta o, como alternativa, recibir una postal desde el mar para ponerla en la puerta del frigorífico. Pero la mayor parte de esos hombres y mujeres que aportaron dinero quería el calendario, pese a que habían pasado ya seis meses. Y es que fuera de Daone los sueños de las *Funne* se vendían como rosquillas. Y así fue como mucha gente empezó a pensar en los suyos propios, si bien esa es otra historia que quizá un día se cuente. Por ejemplo, la de un grupo de piamonteses de un pueblecito llamado Gurro, que desde hacía quinientos años soñaban con ir a Escocia en busca de sus orígenes, porque cinco siglos antes sus antepasados con kilt se habían perdido en ese pueblo del Piamonte. El sueño de las *Funne* les había hecho confiar en que podían hacer realidad el suyo, y quizá pasados unos pocos años lo conseguirían.

El caso es que, gracias al poder de los sueños y seguramente al poder viral de la red —Carmelo, el médico, se asustó no poco al pensar que había otro virus rondando—, con esa atrevida colecta se recaudó mucho dinero en donativos, nadie había imaginado que llegara a tanto. Y se creó de forma espontánea un grupo de personas tan entusiasmadas con la historia de esas ancianas que querían saber más del asunto e incluso decidieron formar una *comúniti*, como se dice en la jerga tecnológica, según explicó Armida a Alberto, y añadió:

—En el fondo, todas esas personas de la *comúniti* siguen la lógica del boca a boca, la misma que utilizamos nosotras con las tartas.

Por consiguiente, llegaron de numerosos establecimientos muchas invitaciones y propuestas de estancias en el mar auténticas y falsas, en el sentido de que algunos se aprovecharon de la historia de las *Funne* para hacerse un poco de publicidad para el verano, que nunca viene mal. Pero las *Funne* solo querían ir ya a ese lugar de Croacia donde estaba su Virgen.

Alberto iba a cien por hora en el corro con las *Funne* y no daba abasto para responder a los mensajes y las peticiones de la página de Facebook y para mostrar su gratitud a todas las personas que estaban participando en la colecta.

Informaba continuamente a las *Funne* sobre el estado del *crowdfunding* y las hacía rabiar con todos esos términos modernos. Aunque como ellas ya entendían un poco de tecnología a esas alturas le pidieron que hiciese otra videollamada dirigida a ese hombre al que, junto con el Papa, siempre habían soñado ver. Puesto que con el *crowdfunding* los sueños podían hacerse realidad, ¿por qué no intentarlo también con ese? Gianni Morandi sería incapaz de negarse.

Al corro de la patata, comeremos ensalada, lo que comen los señores, naranjitas y limones. Achupé, achupé, sentadita me quedé.

Pero un día llegaron al pueblo las *troupes* televisivas. Y desde entonces, definitivamente, Daone ya no fue el mismo. Todo cambió a partir del momento en que se produjo un increíble aumento en el consumo de costillar de ciervo, además de pernoctaciones, y de cafés en el bar El paraíso perdido, obra de ese aluvión de reporteros que subían y bajaban de las grandes ciudades para entrevistar a las *Funne* y al alcalde.

Se veía ir de un lado a otro del pueblo a forasteros cargados con grandes bolsas, focos, cámaras de televisión y cables, y al principio algunos daoneses hasta se asustaron. Se eligió la sala del Rododendro como lugar preferido para las entrevistas, junto con el interior de algunas de aquellas típicas casas de montaña. Incluso llegaron algunos turistas, aunque, sobre todo, volvieron los aventureros. Las *Funne* se convirtieron en protagonistas asiduas de muchos programas de la tele dedicados a los temas propios de la vejez, así como la salud y la medicina general. Las invitaron a los platós a hablar de sueños y esperanzas. Y se convirtieron también en expertas comentaristas de política, pues les pedían su opinión sobre asuntos como las pensiones o los sindicatos.

Las *troupes* llegaron de todo el mundo y, en un momento dado, incluso había demasiadas. Por supuesto, la elección de los programas en los que participar era arbitraria, en el sentido de que todo pasaba por el incuestionable dictamen de Erminia, que, si no estaba de buenas, rechazaba la entrevista sin dudarlo y mandaba a paseo al periodista de turno. Demasiado jaleo en ese pueblo tan silencioso. Demasiada gente en ese pueblo tan somnoliento. En el fondo, con la cantidad de problemas que había en el mundo, ¿qué demonios querían todos de ellas, unas pobres ancianas de montaña?, se preguntaba a menudo Erminia.

Como es sabido, el éxito puede ser agotador, y Daone no estaba preparado, aunque el alcalde cayó en la cuenta de que todo aquel trasiego de gente podía dar mucha publicidad al municipio, un pueblo que ahora conocían hasta en Corea e Inglaterra. Lo recorría a diario para saludar a las diferentes *troupes* televisivas, llevando consigo grandes bandejas de productos típicos locales, y no tenía el menor inconveniente en hablar ante las cámaras.

En cambio, el padre Artemio y Carletto estaban un poco preocupados por todos esos focos dirigidos hacia Daone. Por eso decidieron aumentar el número de misas y, con ellas, las homilías en las que advertir sobre los peligros de lo efímero. En la iglesia, mientras tanto, las otras *calendar girls* rezaban en silencio, pero ya no se oía el murmullo de los sueños; había regresado el murmullo de las oraciones. Armida, Jolanda y Erminia, por el contrario, hacía algún tiempo que no se dejaban ver entre los bancos, atareadas con las entrevistas, las llamadas y los marcados de pelo, más frecuentes de lo habitual, que ya es decir. Ahora, sin embargo, en las revistas de Sonia aparecía muchas veces su historia, con fotos de ellas bajo el casco de la peluquería de señoras. Una locura. Y un día se presentó un señor muy muy alto que les preguntó si podía escribir un libro sobre la historia de las *Funne*. Y por suerte pilló a Erminia de buen talante. De lo contrario, este libro no existiría. Y él no habría comido polenta, ya que Erminia quiso llevarlo a toda costa al restaurante El valle. Estaba realmente de buen talante ese día Erminia.

33

La cueva de Aladino

Ya hemos visto que en Daone los sueños pueden hacerse realidad. E incluso más deprisa de lo que se piensa. Por otro lado, los aventureros habían visto a las *Funne* entrar el verano anterior en aquella cueva. Y precisamente esos días se supo que eran unos famosos espeleólogos que veinte años antes habían descubierto esa profunda gruta. Partiendo de una hendidura rocosa en las proximidades del lago de Casinei, a dos mil sesenta metros, los espeleólogos habían bajado a las entrañas de la tierra, donde habían descubierto una maravillosa cavidad de trescientos cincuenta metros de profundidad y siete kilómetros de longitud, que llamaron, sin saber todavía nada de lo que sucedería, la «cueva de Aladino».

Y así fue como el sueño de las *Funne* se hizo realidad en siete días en lugar de en noventa. Lo cual fue un auténtico récord, digno de un Guinness de los sueños.

—Hemos hecho el *gol*, ¿eh, Alberto? —dijo Armida, sentada junto al nieto y sus amigas en la terraza de El valle, con su libreta rebosante de apuntes bien a la vista.

—Señora Armida, el *goal* y mucho más: hemos superado todas las previsiones, la gente adora a las *Funne* y desea de verdad que vayan al mar —contestó, desbordante de felicidad, Alberto, a quien, debido a la alegría, se le había rizado más el pelo—. Ni siquiera yo acabo de creerme la cantidad de personas que han escrito y de dinero que se ha reunido.

APUNTES DEL *CROADFANDING* Y DE *FÉISBUK* DE ARMIDA BRISAGHELLA

Palabras nuevas:

✓ *Comúniti*, que significa grupo.

✓ *Laik*, que significa que les gusta, que les gustamos.

✓ *Gol*, que significa que hemos marcado y superado el gol. Hemos hecho uno enorme, muy grande. Con el dinero del gol pagaremos los regalos que hay que hacer y un autocar más grande y cómodo para ir a Croacia, porque el viaje es largo. Se tarda una noche entera, y con el dinero que nos han regalado dispondremos de asientos reclinables. Si no, cuando lleguemos nos dolerán todos los huesos. También podemos llevar a dos personas más, ya veremos por quién nos decidimos. Quizá haga falta una enfermera, así, si nos pasa algo, ya estará allí preparada.

Ahora tenemos que contestar con una carta a todas las personas que nos han dado dinero y enviar desde Croacia las postales. Debemos empezar con tiempo de sobra y comprar los sellos. Y también llevar un regalo al sacerdote de la iglesia de la isla de Giuliano, adonde iremos para la procesión de la Virgen croata.

Y mientras Armida terminaba de escribir en su cuaderno tecnológico, Alberto exclamó:

—¡Estamos a punto, *Funne*! Hagamos la cuenta atrás.

A esa invitación se sumaron Graziella y Valeria con una botella de grappa aromatizada con pino negro, el alcalde, que pasaba por el restaurante para repartir saludos, Franco Ciccio, que se dirigía al parque de bomberos, y Sonia, que estaba en su rato de descanso para comer.

—¡Nueve, ocho, siete, seis, cinco, cuatro, tres, dos, uno! ¡Viva, *Funne*! ¡Lo habéis conseguido! ¡Habéis hecho *goal* superando todas las previsiones y ya tenéis el dinero para ir a Croacia! ¡Viva! —gritó Alberto, hiperexcitado.

En realidad, las *Funne* tardaron un poco en comprender lo que estaba sucediendo, porque no se habían hecho tan expertas en tecnología como contaban en los periódicos. Así que tuvieron que pedir a Alberto que se lo explicara de nuevo y al final lo entendieron. El caso es que en el restaurante El valle nadie recordaba haber visto jamás semejante abrazo. Tan solo una ligera sombra veló el rostro de Erminia. Esta se levantó y se apartó del grupo para fumar un cigarrillo. Estaba contenta, sí, habían demostrado que eran capaces de hacer cualquier cosa, pero un atisbo de nostalgia mezclada con un poco de pesar se adueñó de su ánimo, porque le habría gustado vivir ese momento en el Rododendro, todas juntas. De hecho, faltaba aún por organizar la fiesta con motivo del final del verano. Pero daba igual, lo celebraría de todas formas, con o sin las otras. Y quizá todo ese alboroto convencería a alguna *funna* de subir en el autocar en el último momento.

JULIO

34

La elección del bañador

Durante los días siguientes abundaron los preparativos: para la fiesta del Rododendro, para el viaje y para las *troupes*, pues todavía llegaban muchas al pueblo. Las *Funne* no acababan de entender esa obsesión de los periodistas por querer seguirlas paso a paso. Muchos insistían, además, en acompañarlas hasta el mar, aunque se conformarían con una conexión en directo desde la isla croata. Querían saber a toda costa. Saber qué sentirían las *Funne* al ver el mar, al tocarlo por primera vez, al meter los pies en el agua..., y un montón de cosas más. Era una auténtica obsesión; estaban todos enloquecidos y pretendían monopolizar ese momento crucial.

Una periodista alemana, decidida a seguir el autobús hasta su destino, llegó incluso a esconderse durante los días precedentes a la partida, algo a todas luces imposible en Daone. La descubrieron nada menos que en la iglesia, apostada detrás de una columna con su sospechosa cámara de fotos.

En esos días abundaron también las elecciones: la del

menú para la fiesta, del *disc-jockey* y del programa musical; la de la maleta, del autocar y de los horarios del viaje; la del hotel y la del bañador. Como resulta fácil imaginar, esta última comportó no pocos problemas, pues en el pueblo y en el resto de las localidades del valle no es que abundaran las tiendas de trajes de baño. Así pues, tuvieron que tomarse una mañana entera y bajar hasta Tione, donde los jueves había un mercadillo en el que vendían bañadores de tallas grandes, ya que Armida, a fuerza de polenta, necesitaba una talla XXXL. Las tres traviesas *Funne* ya habían escandalizado tanto que decidieron comprarse el mismo modelo. Un bañador entero, beis y con un precioso estampado de lirios de color café, así en el mar parecerían de verdad las Hermanas Bandiera.

Valeria y Graziella habían optado por el menú clásico del restaurante El valle y estaban adornando la sala de la bodega para la sobremesa. Prepararon el espacio para el *disc-jockey*, Jury, y las botellas de *cedrata*, pues ya se sabe que bailar da sed, y para acabar, colocaron una fila de sillas a lo largo del perímetro de la sala, además de las guirnaldas sobrantes de la fiesta del santo del verano anterior y de quién sabe cuántos veranos más. Sí, ya había pasado casi un año desde la fiesta y la venta de las tartas. El boca a boca se había activado, y la invitación a la fiesta para los socios ya estaba colgada en el tablón de anuncios del club.

Las maletas polvorientas de las *Funne*, guardadas desde hacía años en el sótano, ahora estaban relucientes. Abiertas sobre la cama, estaban empezando a llenarse de todo lo necesario para el viaje: un kit de productos para la playa, el bañador nuevo, las chanclas... y, sobre todo, el vestido de fiesta, porque no hubo noche antes de emprender el viaje en que las *Funne* no pensaran en el baile de la fiesta de la Virgen de las Nieves que las esperaba en esa isla que no sabían con exactitud dónde estaba. Seguramente junto al mar. Y añadieron el vestido bonito, con bolso y zapatos a juego, que llevaron en la boda de sus hijos mucho tiempo atrás. También un número de *La Settimana Enigmistica* y un sombrero para protegerse del sol, esto último por insistencia de Armida, porque ella tenía la piel tan blanca que parecía de porcelana. La piel de esas *Funne*, que solo el sol implacable de la montaña había tocado mientras plantaban patatas en los campos, ahora la acariciaría el viento cálido de una isla, como aquella nube de polvos de tocador para las fotos del calendario que jamás en la vida habrían imaginado. Pero el sol del mar también quema, así que todas iban provistas de una crema solar con factor de protección cien a fin de evitar los enrojecimientos, porque solo faltaba que volvieran al pueblo coloradas como las gallinas de Amalia.

El marido de Erminia la miraba refunfuñando mientras ella iba de un lado a otro en la casa. No acababa de entender por qué su mujer tenía que llevarse el vestido de fiesta, y eso que no había visto la blusa negra con lentejuelas que, por suerte para ella, la *funna* había ocultado en el fondo de la maleta.

Llegó el día de la fiesta, que precedía por poco al de la partida, y aún no se sabía con seguridad cuántas *Funne* emprenderían el largo viaje. Por si acaso, habían reservado el autocar más grande, el de Carroli, de Bondo, que sin duda era un apuesto conductor, joven y rubio, y necesitaban uno simpático. Después de haberse peleado con los de la agencia del padre de Luca C., de Daone, un antipático en toda regla, habían acudido a la agencia Valentini, pues en ellos sí se podía confiar. Eran buenas personas, nadie lo dudaba, y las *Funne* no veían la hora de llegar al hotel-restaurante que Lotti había encontrado junto al mar, con pensión completa y menú a base de pescado. Con una habitación para cada una, porque, por una vez, todas querían una individual con vistas al mar y secador de pelo (pero cerca unas de otras, eso sí, por si acaso). Los del hotel les habían hecho un buen precio, desde luego, en parte porque su historia había llegado hasta allí y en la isla estaban esperándolas. Tuvieron que preparar también una cesta con productos típicos y un librito sobre la historia de la iglesia de San Bartolomé, porque a lo mejor se reunían con alguna autoridad local. Propusieron al alcalde que se sumara al viaje, pero él tenía aún visitas pendientes y, con todas las *troupes* que seguían llegando a Daone y las elecciones a la vista, no se atrevió a marcharse. Sin embargo, las *Funne* tenían muy claro a quién invitar, alguien más joven y mucho mejor que el alcalde: el apuesto médico de Jolanda.

Y el día de la fiesta el médico, espléndido como el sol, llegó al restaurante El valle. Llegó para el postre y el café, cuando todos estaban a punto de trasladarse a la sala de abajo para empezar el baile. Intercambió unas pocas palabras con las tres *Funne* traviesas, pero fueron suficientes. Las otras *Funne*, sentadas alrededor de la pista, esperaban, como se hacía antes, que un caballero las sacara a bailar. Pero, ay, en esa fiesta caballeros había pocos, y todos pasaban de los ochenta. Tampoco las *Funne* eran ya unas chiquillas, pero con el bastón de paseo y los zapatos ortopédicos seguían los ritmos de Jury, el *disc-jockey*, que alternaba piezas de *liscio* clásico, salsa y merengue con cancioncillas sobre el mar. La llegada del médico fue anunciada con un haz de luz que iluminó la oscura sala de la bodega decorada con sofás de terciopelo rojo que olían a tabaco y cerveza, y contaban historias de bailes y excesos de vasos de vino *teroldego*.

Más que caballero, parecía un auténtico príncipe, casi Kabir Bedi en *Sandokán*, y se acercó a las ancianas que aguardaban. Invitó a algunas a la pista y la sala se animó un poco, sobre todo gracias a las tres *Funne* traviesas, que, dominadas por un entusiasmo descontrolado, se pusieron a bailar solas, dando vueltas a una velocidad exagerada al ritmo de melodías caribeñas y canciones de Vasco Rossi. Las otras *Funne* las observaban con una mirada entre compasiva y envidiosa. Entre pecaminosa y alegre. *Al corro de la patata, comeremos ensalada, lo que comen los señores, naranjitas y limones. Achupé, achupé, sentadita me quedé.*

Ellas bailaban, mientras que las demás se resistían al baile, a la tentación, como si ese dejarse ir fuera pecado.

Dar vueltas. Miradas de desafío y batacazos. Porque, a fuerza de girar y girar, Erminia y Jolanda acabaron en el suelo. Pero se levantaron para anunciar que su caballero había decidido acompañarlas al mar. El apuesto médico, que era también un hombre simpático y sensible, aprovechó una pausa técnica del *disc-jockey* para hacer un aparte con las *Funne* y explicar a las reacias los beneficios de unas vacaciones en la playa. Todas se empeñaron en informarle detalladamente de su estado de salud, hasta el punto de que el médico fue al coche a buscar el talonario de recetas y se puso a escribir. Las *Funne*, fascinadas, lo miraban en silencio. Silencio que rompieron los primeros acordes de la *Delusa* de Vasco. Y vuelta a empezar.

Sin duda alguna, Erminia, Armida y Jolanda irían. Irían con o sin médico, con o sin dinero, con o sin el estupendo autocar de Carroli. Irían en pos de ese sueño que se había convertido en su vida y que necesitaban cumplir, con o sin las demás. Salieron de la fiesta aturdidas y más felices que nunca. Fuera del restaurante El valle las esperaba, con un enorme ramo de flores, la periodista alemana, que había decidido jugarse la última carta para que la dejaran acompañarlas hasta el mar.

—No, gracias —respondió con calma Jolanda, mientras que Erminia se la habría comido viva—. El sueño es nuestro, y nosotras queremos ver el mar solas.

AGOSTO

35

Dos islas

«A las doce de la noche. En la curva del hotel Eden. Salimos desde allí. Erminia.»

Ese fue el SMS que Erminia, de acuerdo con Carroli, el conductor del autocar, envió unas horas antes de partir a todas sus *Funne*, porque aquella periodista extranjera todavía estaba en el pueblo y solo faltaba que se presentase con su cámara de fotos. «Por si acaso —pensó Erminia—, nosotras cambiamos el lugar de la cita, a ver si así esa nos encuentra, pues nosotras también somos espabiladas, ¿eh?»

Y alrededor de las doce de la noche de ese cuatro de agosto, en la curva del hotel Eden, un grupo de mujeres estaba a punto de salir de un pueblecito perdido de montaña para ir todas juntas al mar. Partieron casi clandestinamente, en medio de la negrura más absoluta, para que no las vieran, casi de puntillas, para no hacer ruido, silenciosas, para no molestar a nadie, iluminadas tan solo por la farola de la curva, a tal punto que alguna estuvo en un tris de tropezar, de tan oscuro que estaba. Llevaban maletas tan grandes que cualquiera habría dicho que estarían fuera de casa durante meses, o incluso que no volverían jamás.

En esa curva no había nadie del pueblo para despedirlas. Pero quizá era porque habían cambiado el lugar de salida. Solo el alcalde se acercó un momento para saludar, porque él no desaprovechaba ninguna ocasión de repartir saludos. Y Carletto, que era amigo de Carroli, llegó en el último instante en el motocarro Ape con un ruidoso frenazo. Había decidido, en parte por motivos personales, llevar a las *Funne* la imagen de la Virgen, que las había protegido y ayudado a hacer realidad su sueño. También Ella se merecía unas vacaciones en el mar e ir de peregrinación a conocer a su alter ego marino.

Pasaban cuarenta y ocho minutos de la medianoche cuando las *Funne* partieron por fin de Daone. Con los ojos tan brillantes que podían iluminar la oscuridad reinante, una mantita de algodón para protegerse del aire acondicionado, una bolsa con algo para comer durante el viaje y unas fuertes palpitaciones que hasta podían oírse, el sonido de su corazón.

El bolso de playa de Erminia, además de tabaco y una cámara de fotos, ocultaba en el fondo un trozo de polenta. Porque, como decía de vez en cuando la presidenta: «En la vida nunca se sabe».

Las *Funne* no consiguieron pegar ojo prácticamente en todo el largo viaje hacia aquella isla, allí abajo en medio del mar. Demasiado emocionadas, sobreexcitadas, no pararon de hablar y reír durante horas, al menos así el pobre Carroli no correría ningún riesgo de dormirse. Tras el cotorreo, llegó el momento de dar un bocado y hacer una parada para ir al aseo, y en el área de servicio de la autopista donde se detuvieron recordarían durante años a aquellas guapas chicas octogenarias que se dirigían al mar. Después, en el autocar, fue el turno de las canciones, de diferentes géneros y épocas, desde los coros de montaña hasta la clásica y obligada *Sapore di sale*, pasando por varias de su Gianni.

Dejaron de cantar y de hablar por agotamiento, y al poco el mar apareció en el horizonte. Lástima que estuvieran durmiendo y, por lo tanto, no se dieran cuenta.

Estaba amaneciendo y en la isla de Ugljan, en Croacia, un grupo de mujeres no mucho más jóvenes avanzaba cada una por su lado por un camino de tierra, con faldas de algodón blanco que ondeaban como la brisa de ese amanecer. A su espalda, el sol rosado surgía muy despacio del mar. «Buenos días», casi les dijo. A todas ellas, también a las del autocar.

En el autocar silencioso y ondeante como las pequeñas olas del mar, alguna de las *Funne* empezó a frotarse los ojos. En una iglesita mágica de piedras blancas acariciada por el sol, en un rincón escondido en la otra punta de la isla, unas cuantas mujeres de piel ambarina adornaban con oro la imagen de una Virgen de las Nieves que las miraba emocionada. Parecía que les hablase.

Perfume de azucenas y de pinos marítimos en la isla. Perfume de pinos y de polenta en aquel autocar que venía de otra isla, la de los bosques. Una, dos, tres curvas, y una de ellas dijo con voz soñadora, o puede que somnolienta:

—*Funne*, mirad, el mar.

Un canto antiguo de mujeres que hablaban una lengua desconocida se elevó en el aire y, transportado por el viento, entró a través de las ventanillas del autocar. Un canto casi tan dulce como los buenos días de una madre las despertó delicadamente.

Y las *Funne* abrieron los ojos. Apareció así. De improviso. En un visto y no visto. En el horizonte. Una inmensa, infinita extensión de agua azul. Podían sentir en el rostro la caricia de la brisa cálida y perfumada de flores, como los polvos de tocador la primera vez que las maquillaron. Algunas casi temblaron al ver el mar. Pero fue solo un instante. Era azul, el mar. Como el cielo en el valle de su pueblo, allí arriba, entre las montañas. Y rosado el reflejo del sol en ese mar, como el de los amaneceres estivales en las paredes de roca.

En el autocar se hizo un silencio que olía a olas y a música de un antiguo órgano marino oculto en las profundidades.

Y de pronto el autocar frenó con brusquedad, porque Carroli, que era un hombre simpático y sensible, había llevado a sus *Funne* directamente a la playa. Y esos neumáticos de montaña no frenaban bien en la arena.

Con los ojos brillantes y la mirada extasiada, con la emoción vibrante de una primera cita, las *Funne* fueron al encuentro de su mar.

Pies vacilantes y temerosos se posaron en la blanda arena blanca de un rincón de litoral y se hundieron en ella. Las *Funne* se quitaron los zapatos apoyándose una en otra para no caer y algunas, por primera vez, caminaron descalzas por la arena caliente.

Se cogían de la mano. Se cogían con fuerza unas a otras para sujetarse. Manos ásperas, endurecidas por el tiempo y el trabajo, que se unieron en un apretón de amor, de espaldas al mundo, de cara al sol y al mar. Jolanda apoyó la cabeza en el hombro de Armida y esta sonrió. Erminia estrechó contra sí a sus amigas, en un abrazo tan tierno y emocionado que esa vez ni siquiera ella misma pudo negarlo. En silencio, todas juntas, suspirando hondo, miraron el mar, pero poco a poco, trocito a trocito, ya que si lo miras todo a la vez la cabeza puede darte vueltas. Pues las montañas donde habían nacido y crecido daban seguridad y protección, y el mar no, el mar era libre e infinito.

El torbellino de Erminia interrumpió, como de costumbre, ese momento de poesía:

—Madre mía, qué ganas de meterme tengo... ¡Venga, *Funne*, vamos al agua!

Y de una en una primero, y luego todas a la vez, agarrándose más fuerte que antes, remangados los pantalones hasta media pantorrilla, dieron un respiro a esa piel lechosa, tan poco acariciada por el sol, y pusieron los pies en remojo en el mar, en remojo en su sueño.

—¡Aaah, qué frescura!

—¡Aaah, qué maravilla!

—¡Aaah, qué daño, las piedras!

Porque en Croacia —eso las *Funne* no lo sabían— casi todas las playas son de piedras. Blancas, eso sí, pero tan duras que te lastiman los pies y, sobre todo, corres el riesgo de caerte. Por suerte, unos pasos (y unas piedras) detrás de ellas, observándolas emocionados y también un poco preocupados, estaban el joven y apuesto médico de Jolanda y Sonia, la peluquera, que esos días podría marcarles el pelo todas las mañanas. Porque ya se sabe que en la playa, con toda esa sal, el pelo se decolora y se reseca.

Lamentablemente, en el autocar habían quedado algunos asientos libres. Sí, porque al final no todas las *Funne* del calendario se habían sentido con ánimos de ir al mar. Una por motivos de salud, otra por miedo, una tercera por costumbre, alguna porque, total, cierto era que no había visto nunca el mar, pero en el fondo quizá le daba igual.

—Otra vez será. No podemos estar todas de acuerdo siempre —dijo Erminia a sus amigas—. Les contaremos cómo es el mar cuando volvamos. Y como mínimo les llevaremos un tarro con arena o con agua.

—Pero un selfi para que Alberto lo ponga en *Féisbuk*, y dar las gracias a todos los que nos han ayudado a venir, eso sí que podemos hacerlo, ¿no, Erminia? —preguntó tímidamente Armida,

Por primera vez en su vida, Erminia no dijo nada. ¿Qué iba a responder a esa propuesta de Armida, llena de orgullo y sonriente con su móvil nuevo, de hacer un selfi delante del mar? ¿Acaso Alberto le había dado clases particulares de tecnología? Así pues, Armida hizo la decimotercera foto del calendario de los sueños. Aunque ninguna de ellas iba en biquini.

Expresar lo que sintieron mientras miraban y tocaban el mar es imposible. Porque ya se sabe, y respecto a ello también en Ugljan son todos del mismo parecer, que esos momentos de la vida son indescriptibles y además solo duran un instante, tan breve que casi no tienes tiempo de disfrutarlos. En cambio, el viaje para llegar hasta aquel mar se había prolongado un año. Un año exacto. Un viaje, uno de los de verdad. Cada *funna* vio y sintió en ese mar algo suyo, grande, inmenso… o quizá pequeño, pequeñísimo. En ese momento tan especial, cada una de ellas sintió y vio su esencia, su sueño, su mar.

Epílogo

Érase una vez un grupo de chicas que soñaban con ver el mar. Y lo vieron por primera vez mientras la Virgen de las Nieves marina paseaba en barca, alrededor de la isla de Ugljan, en Croacia, un nombre que ninguna de ellas consiguió pronunciar bien nunca y, por lo tanto, decidieron llamarla simplemente la isla de Giuliano.

También ellas subieron después a aquella barca, con la imagen de su Virgen de las Nieves, la de la Virgen marina y un simpático obispo croata que les recordaba un poco al padre Artemio. Incluso entonaron un canto junto a aquellas otras mujeres que hablaban una lengua desconocida, un canto que perfumó el aire con una nueva fragancia y que recordaba a los de las sirenas. Y esa melodía llegó hasta las Funne *de allí arriba, las mujeres de aquel pueblecito de montaña que no se habían decidido a ir al mar y que en ese momento desfilaban en su procesión de la Virgen de las Nieves. Pero sin la Virgen, que, Ella sí, estaba de vacaciones en la playa. Y así fue como, por primera vez en la memoria colectiva de Daone, la procesión se hizo sin imagen, si bien la sustituyó la de san Bartolomé, cosa que alegró mucho a Carletto y también al propio santo.*

Hubo quien, además, juró que ese cinco de agosto vio caer unos cuantos copos de nieve tanto en Daone como en la isla de Ugljan, porque en esta historia la Virgen había puesto mano sin duda.

Director's cut

La escena que me habría gustado rodar*

Escena última. Este. Atrio de la iglesia de Daone. De día.

Plano corto de una gran pala mecánica que está echando en cascada millones de granos de arena en esa plaza situada entre las montañas.

Luz cálida que huele a helado de limón o quizá a limonada.

Entra con suavidad una música de fondo con instrumentos de cuerda. Atmósfera en suspenso, de cuento.

Plano general de la plaza de Daone, donde se levanta un telón al aire libre sobre el atrio de la iglesia, que ese día está mágicamente cubierta de arena blanca de playa.

* Por problemas de presupuesto y de logística, debido a la ocupación de suelo público sacro, la autora se vio obligada a renunciar a rodar esta escena. Pero es una escena tan bonita que ha jurado que algún día la rodará.

Una carroza con nueve chicas octogenarias sentadas en tumbonas blancas bajo sombrillas de colores. Beben *cedrata* mientras miran el infinito cielo azul que se recorta entre dos montañas.

Las campanas están sonando. Primer plano del padre Artemio y Carletto en el exterior de la iglesia. Desconcierto.

Primer plano de algunos daoneses que miran por la ventana, con recelo y curiosidad, para averiguar qué está sucediendo. Plano del alcalde mientras se dirige a la plaza para saber qué ocurre y ver si hay alguien a quien saludar.

Panorámica de la plaza con las doce *Funne* en silencio, aguardando algo...

Planos cortos de diversas palanganas dispuestas sobre la arena, bajo las tumbonas.

Crescendo musical.

Entran en campo Erminia, Jolanda y Armida.
Erminia saca algo de su bolso, una botella, y empieza a echar agua en la palangana de una *funna*. Las otras hacen lo mismo.

Detalles de diversos tarros y frascos dispuestos junto a las sombrillas.

Panorámica de la plaza y las *Funne*, que, casi al unísono, sumergen los pies en el agua, se miran en silencio y a continuación cierran los ojos suspirando profundamente.

Detalle de pies dentro de la palangana llena de agua de mar.

Silencio y música.

Y sobre las notas del *leitmotiv* de las *Funne*, una voz en *off* dice: «Porque, como es sabido, los sueños no tienen edad, pero aquellas chicas de Daone empezaban a tener no poca, y también ellas, al menos una vez en la vida, se habían ganado el derecho a ver cumplido uno de sus sueños o, como mínimo, meter los pies en él. En cualquier caso, al final aquel trío habían conseguido un poco de agua bendita del mar».

MANUALES DE INSTRUCCIONES

Manual de instrucciones 1

Instrucciones para la elaboración perfecta
de una tarta de manzana
por Jolanda Pellizzari

Para hacer una tarta de manzana a la vieja usanza perfecta hay que emplear manzanas. Y que sean de las buenas. Mejor las de la variedad reineta, que son jugosas y dulces.

También se necesita azúcar, levadura, harina, huevos y mermelada. La mermelada debe ser también de la buena, casera, a poder ser. Yo utilizo la mía, que hago con albaricoques de mi árbol. Una vez preparados todos los ingredientes, disponedlos sobre la mesa de la cocina y tomaos una media hora para trabajar la masa. Ah, se me olvidaba: también se necesita canela.

Ingredientes:

manzanas (reinetas): 4
leche
azúcar: 70 g
harina: 300 g
levadura: un sobre
mantequilla: 70 g
huevos: 3

canela: al gusto de cada uno
mermelada casera (mejor de albaricoque)
horno a 180 °C (en horno estático)
mondadientes

Ahora empieza la elaboración. Esta receta me la transmitió mi abuela Gina, que sabía hacer las tartas como nadie, altas y esponjosas. Manos a la obra. Coged un cuenco grande y batid las yemas de los huevos con el azúcar para obtener una crema clara y espumosa. Después montad las claras a punto de nieve e incorporadlas a las yemas con el azúcar. Pero, por favor, hacedlo con delicadeza.

Añadid la harina, un poco de leche y de la mantequilla, templada. Mezcladlo todo procurando que no queden grumos, si no, el resultado es una tarta con trozos de masa cruda.

Aquí decimos que hay que «vapulear la masa hasta que haga burbujas» y quizá por eso todas las *Funne* tenemos los brazos gordos, a fuerza de «vapulear la masa» para hacer tartas. Yo utilizo para mezclar las espátulas de madera que me dio Armida, que descubrió en un programa de la tele que son las mejores.

Una vez que todo está bien mezclado, ponemos la masa en un molde de unos veinticuatro centímetros. Pero antes debemos untarlo con un buen trozo de mantequilla, si no, la masa se pegará. Luego disponemos las manzanas en círculo sobre la masa, previamente peladas, cortadas en gajos y mezclados estos con la canela y un chorrito de limón para que no se pongan negros. No sé por qué, pero siempre me equivoco en el cálculo de las manzanas y me sobran algunos trozos, aunque da igual, porque las reinetas están muy ricas tal cual. Me recuerdan cuando estaba en el campo de pequeña y la abuela Gina nos las pelaba y cortaba así para merendar a todos los nietos... Una vez colocada la primera capa de gajos de manzana en círculo, hay que poner una capa de buena mermelada, que es el ingrediente secreto de la abuela Gina. Unas abuelas añadían en esta fase uvas pasas y otras no. Después de haber dispuesto la segunda capa de gajos de manzana, ya podemos poner a hornear la tarta a ciento ochenta grados, en horno estático, durante cuarenta minutos. Si el horno tiene ventilador, no sé durante cuánto tiempo. Mientras espero que la tarta se cueza, me sirvo un café y veo la televisión en la cocina o hago *La Settimana Enigmistica*. La abuela Gina me enseñó que, para saber si la tarta está cocida, hay que pincharla con un mondadientes cuando todavía está en el horno, y si la masa se queda pegada al palillo quiere decir que aún no está cocida o que no ha fermentado bien.

¡¡¡Ay, Dios mío, la levadura!!! ¡¡¡Se me ha olvidado!!! Pero ¿cómo es posible? ¿Me habré puesto nerviosa? ¿Y ahora tenemos que volver a empezar desde el principio?

Estas instrucciones han de leerse mientras se escucha la canción *El negro zumbón*, de Armando Trovaioli, interpretada por Silvana Mangano.

Manual de instrucciones 2

Instrucciones para un rezo perfecto del rosario

por Armida Brisaghella

Antes que nada, decir que las nuevas generaciones no saben rezar el rosario. Cuando se venden deberían ir acompañados de instrucciones, con un folleto como el que incluyen los medicamentos. Un prospecto del rosario, vamos.

Bueno, pues estas son las instrucciones para rezar el rosario correctamente: se empieza por la señal de la cruz y luego se dice el primer misterio. Los misterios son de tres clases. Están los misterios dolorosos, los misterios gozosos y los misterios..., hay otro nombre, son tres, pero no me acuerdo del tercero. Se empieza con el Padrenuestro, la primera década, diez Avemarías, y se dice el Gloria; el segundo misterio, el Padrenuestro, las diez Avemarías y el Gloria; el tercer misterio, el Padrenuestro, las diez Avemarías y el Gloria; el cuarto misterio, el Padrenuestro, las diez Avemarías y el Gloria; el quinto misterio, el Padrenuestro, las diez Avemarías, el Gloria y se termina con el Salve Regina para no tener que decir las letanías. Bueno, si hay tiempo, pueden recitarse también las letanías, que son un poco largas.

A mí me enseñó mi madre a rezar el rosario. Porque mi madre nos hacía rezar el rosario de pequeñas, y lo mismo de mayores, todas las noches, a dar la réplica en el rosario y a... obedecer ¡siempre! Y ya veis, así es como se aprende el rosario. Ahora paso el rosario con mucho gusto los lunes por la mañana cuando don Bruno no anda por ahí, porque es bastante aficionado a andar por ahí. Pero cuando está, dice misa los lunes por la mañana, y entonces voy temprano, a las ocho, y muchas veces empiezo el rosario con él. Entonces lo paso yo porque tengo la voz muy clara, no de llorica.

Estas instrucciones han de leerse mientras se escucha el sonido de las campanas (preferiblemente de don Bruno, si está).

Manual de instrucciones 3

Instrucciones para un marcado perfecto de pelo

por Jolanda Pellizzari

(Con la colaboración de la peluquería de señoras de Sonia Migliorati, en la calle San Bartolomeo 40 de Daone)

Estos son los consejos para un buen marcado de pelo. Hay dos maneras. Yo me hago el marcado con secador de mano porque llevo el pelo corto. Pero el marcado puede hacerse también con rulos para todas aquellas mujeres que tienen el pelo largo.

¿Qué más hay que decir? Bueno, cuando yo me marco el pelo, me pongo un plis para que el marcado dure un poco más. Las normas para que aguante bien son: que el pelo no se moje y que no coja humedad.

Una vez que el pelo ha terminado de secarse bajo el casco, la peluquera lo peina y después le pone la laca, el espray para mantener el peinado en su sitio, así dura sin moverse aunque haga un poco de viento.

Para llevar el pelo un poco bien y lucir un marcado perfecto, lo ideal sería hacérselo cada quince días. Pero eso depende de lo que alcance la pensión de viudedad (si la cobráis) o de eventuales encuentros galantes.

Estas instrucciones han de leerse mientras se escucha la canción *Kiss* de Prince.

Manual de instrucciones 4

Instrucciones para una buena administración de un club de jubilados

por Erminia Losa

Venga, rápido, que no tengo tiempo. Para una buena administración de un club de jubilados, lo primero que se necesita son jubilados. Además, hace falta mucha paciencia, porque es sabido que a partir de cierta edad parece que se esté tratando con niños de guardería. También hace falta que los jubilados tengan ganas de jugar al bingo o a las cartas. Brisca, póquer o incluso escoba, aunque esta última gusta menos. Pero además los jubilados deben tener ganas de charlar con la gente, pues a partir de cierta edad a muchos ya no les apetece decir nada. Y es fundamental encontrar un buen acordeonista. Puede que esto sea lo más importante. Porque los días de baile la cosa no funciona si no das con el idóneo, como mínimo que tenga un buen repertorio de *liscio*. Es esencial, además, que haya cerca un buen restaurante para llevar a los jubilados a comer. Porque con la comida siempre ponen pegas. Con la comida, con los horarios y con los precios. Hay que saber organizar excursiones, y cómo conseguir dinero para organizarlas. Y para el acordeonista. Por eso, mejor si encontráis uno que sea hijo de uno de los jubilados, así tocará gratis.

Una recomendación final: tened siempre al alcance de la mano una buena dosis de calmantes para el dolor, un desfibrilador y el número de teléfono de las urgencias médicas. Por desgracia, en el club cada año desaparecen más jubilados. La renovación es frecuente. Por eso es preciso buscar constantemente nuevos socios. Pero eso no se lo contéis a nadie, y menos aún a la Seguridad Social.

Estas instrucciones han de leerse mientras se escucha la canción *Fiorellin del prato*, interpretada por Claudio Villa.

Manual de instrucciones 5

Instrucciones para un *crowdfunding* de éxito

por Erminia Losa

Buscad un nieto. Guapo, a poder ser. Y que entienda de internet. Añadid un poco de cara dura y mucha buena voluntad. Después haced un vídeo con el móvil y unos cuantos selfis. A continuación coged el sueño que tengáis y, todo junto, metedlo en esa caja, en internet. Agitad bien. Esperad una semana. Mientras tanto id a la peluquería y preparad unas cuantas postales y unos cuantos sellos, ya que quizá hay que contestar a esos de internet, me refiero a los del *croafunding* —¿cómo se pronuncia la dichosa palabra?—, vamos, a los de la colecta. Esperad un día más, y entretanto tomaos una bebida sin alcohol en el restaurante El valle, y veréis como a lo mejor, aunque eso depende mucho del nieto guapo, a más tardar el jueves os llama Radio Vaticano o Maurizio Costanzo. Nos ha escrito un montón de gente de toda Italia, pero Gianni Morandi no. Eso nos ha dejado un poco desinfladas.

Estas instrucciones han de leerse mientras se escucha *Uno su mille ce la fa* de Gianni Morandi.

Manual de instrucciones 6

Instrucciones para hacer realidad los propios sueños

por Katia Bernardi

Coged una maleta, aunque sea una de esas antiguas de cartón. En realidad, son mejores, más resistentes.

Meted en ella ese objeto del que no sois capaces de separaros, vuestra comida preferida y la foto de la persona que más echáis de menos.

Meted después un buen libro, una libreta de hojas cuadriculadas, de las que se usan en primaria, y un lápiz con la punta afilada. Un pequeño transistor, una figurita de la Virgen y el vestido más bonito que tengáis, ese que siempre ha hecho que os sintáis la más guapa de la fiesta.

Ya casi estamos. Ah, además del vestido, se necesita también un traje de baño. Uno de dos piezas, con poca tela, pero sin pasarse.

Meted ahora en la maleta vuestro sueño, solo uno. Ese con el que os habéis dormido durante muchos años, el que os ha hecho revolveros bajo las mantas de lana noche tras noche. Ese con el que habéis soñado con los ojos abiertos también mientras bailabais, ligeras, entre unos brazos fuertes bajo un claro de luna.

Meted el sueño, solo uno, ese.

Coged la maleta y partid. Pero no miréis atrás. Nunca.

Esta vez la dirección que hay que tomar es el sur, hacia el calor, hacia el mar.

Yo he ido también hacia el amor, junto con mi pequeña perla de rizos de oro. Porque además el amor viene siempre del mar, con el calor. El mío incluso tenía un nombre. Se llamaba Sandokán, pero vivía en Turín.

¡Ah, se me olvidaba! Meted también en la maleta un trozo de polenta, porque en la vida nunca se sabe...

Estas instrucciones debéis leerlas mientras escucháis vuestra canción favorita.

La mía es *Guilty*, de Gus Kahn, junto con toda la banda sonora de la película *Amélie*, compuesta por Yann Tiersen.

Títulos de crédito finales

Porque las *Funne* son un cuento, una historia real, una novela y una película, pero sobre todo las *Funne* hacen la mejor polenta del mundo. Lo sé. Me olvidaré de dar las gracias a muchas de las personas a las que quiero, los amigos que son como hermanos, los colegas, todos aquellos que, en especial durante estos dos últimos años de vida «temeraria», entre lo trágico y lo cómico, entre la fábula y la realidad —a veces demasiado dura—, me han ayudado, querido, mimado, apoyado, animado y acompañado tanto en el viaje como en este cuento. Afortunadamente, ellos saben que, si me olvido de darles las gracias, es por culpa de ese otro problema mío, el de la mala memoria con los nombres, las fechas, los números y las calles. Así que ya es mucho que haya logrado terminar este maravilloso viaje sin perder el norte, si bien en esta historia, quizá por primera vez, la dirección estaba clara y mágicamente trazada. Un agradecimiento previo, pues, a todas las personas a las que me olvidaré de dar las gracias y que, pese a mis olvidos, creen en mí y están siempre detrás, delante y volando por encima de mí.

Ya está, he vuelto a hacerlo, he perdido el hilo y no recuerdo qué estaba escribiendo, pero procuraré retomarlo. Empecemos.

Silencio en la sala. Caterina, no hagas ruido, por favor, cariño, que mamá debe concentrarse.

Negro, música de fondo, un fragmento de la banda sonora de *Amélie* o de *Chocolat*, o una canción de Brassens, que me ha acompañado mientras escribía este cuento.

Aparecen los primeros títulos de crédito...

ESCRITO Y DIRIGIDO POR

La que sale en la foto con un gorro amarillo.

SUPERVISIÓN DEL GUION

Gracias ante todo a un hombre muy muy alto al que le gustan las montañas, pero que vive lejos de estas y al que también le haría ilusión ir algún día al mar. Emanuele Basile, el editor, sin el cual este libro no existiría, quien ha sabido guiarme en esta aventura con libertad, seguridad y una pizca de magia. Un día me dijo: «Escribe como hablas», y, ya lo veis, aún sigo escribiendo. La culpa la tiene ese otro problema mío: la verborrea.

Gracias a Davide Valentini, compañero de viaje y autor brillante, que sueña con llevarnos a todos un día u otro al mar. Gracias porque me has hecho creer que lo que pensaba, veía y escribía, y también cómo lo escribía, podía tener sentido, belleza y, sobre todo, gracia. Sin ti, este libro no tendría mayúsculas, puntos y comas, ni gramática en general.

Gracias a la paciente y sabia labor de edición de Laura Gagliardi, quien aceptó mis palabras inventadas, especialmente «quiquiriquear».

Gracias a Gianni Rodari y Giovannino Guareschi, por su fantasía, su delicadeza y su ironía.

AYUDANTES DE DIRECCIÓN (O AYUDANTES DE LA DIRECTORA)

Gracias a mi extravagante y extraordinaria familia, Sergio, Grazia y Elena, quienes me apoyan desde siempre entre risas y peleas, conversaciones, películas, cuadros, libros, música y discrepancias. Por estar siempre, en cualquier circunstancia, desde siempre, para siempre. Gracias, papá Sergio, por haberme indicado el camino y por enseñarme a trabucar las palabras y a inventármelas. Gracias, mamá, por habérmelas corregido.

Gracias, Caterina. Por tu sonrisa, tu amor por la vida, tu felicidad contagiosa, tu paciencia, tu valor, tu fuerza y tu visión del mundo.

Gracias a mis amigos más queridos, compañeros de vida, familia, de ayer, hoy y mañana, a donde quiera que vaya. A Roberto y Antonella, que me apoyan desde hace mucho con amor y pasión, así como a Claudia, mi amiga de siempre, y a Fabrizio, mi tesoro. Al solucionador de mis problemas informáticos y telefónicos, Michele Moser; a Pantoufle Irene, por su poesía y su locura. Gracias a mi familia Eccel, Valentina y Emanuele e hijos, así como a la dulce Erica y su familia.

Gracias a la primera persona que, cuando le conté la

historia de las *Funne*, se echó a reír y me dijo: «¡Estás loca! Pero adelante». Me refiero a ti, Gabriele. Junto con Valentina y Alberto, me has proporcionado la mejor juventud que he conocido. Gracias a Nicola Falcinella, quien me ha seguido con sus consejos y ha compartido mi encuentro con la Virgen. A mi extraordinario amigo ofiuco Lucio Mollica, que fue el primero en decirme: «Esta es tu historia». A Daniele Filosi, de los Filosi de Praso, que me llevó por primera vez a las centrales con los «hombres de la luz», a las centrales de Mattia Pelli y a las de Luca Bergamaschi, que estuvo conmigo en esta aventura desde el primer día; gracias por todas las ideas, los miles de historias, los sueños, las películas que hemos realizado codo con codo.

Gracias también a los nuevos amigos-compañeros de mi nueva ciudad. En primer lugar al maestro Diego Volpi, por todos los *bondì* (buenos días) y los cafés de la mañana, por nuestras infinitas horas de trabajo en el maravilloso mundo de las *Funne*. Por las invenciones, las elecciones, las decisiones, los achaques y las cosas compartidas. Ahora nos espera ese merecido Pino Negro, a la orilla del mar. Gracias a Alessandro, que ha llevado a las *Funne* al mar en autobús y ahora debe llevarnos a todos nosotros y quizá también la película. Un beso para Arturo y Carlotta. Gracias a mi familia política, los Valentini, a sus atenciones, sus detalles, su apoyo. Gracias, Leo, Lotti, Maria, Giulia, Andrea y Emma, compañera de juegos de mi Caterina, y a quien venga después.

REPARTO

Gracias a las *Funne*, a la extraordinaria presidenta del club Rododendro, Erminia Losa, pues sin ti este viaje no habría sido posible. Gracias por tu tenacidad, tu valor, tu fuerza y tu manera vehemente de amar. Gracias a la dulzura de Jolanda y a la delicadeza de Armida. Gracias por lo que hemos vivido, con alegría y esfuerzo; gracias por los bocadillos que hicisteis, porque yo nunca conseguía prepararme nada, por haber soportado los retrasos y las horas de rodaje. Gracias por las conversaciones, las risas, los sueños y los atracones de polenta. Gracias por habernos creído hasta el final. Por la llegada al mar ante la Virgen de las Nieves. Por haberme escuchado y haber confiado en mí. Por haberme acogido como nieta e hija con quien compartir alegrías, emociones, elecciones y dolores.

Gracias a Valeria y Graziella por la mejor polenta con carne guisada del mundo. Gracias a la disponibilidad del padre Artemio y a la amabilidad de Carletto. Gracias a la ternura de Irma, Chiara y Amalia. A la simpatía de Lucia y Teresa. A Enrichetta, Zita y Orsolina. A los ovillos de lana de Valentina y al gato de Vitalina. Gracias también a Berta, Carmen, Maria Rosa y Caterina.

Gracias al grupo de bomberos y al legendario Franco Ciccio, el mejor bailarín de *liscio* del valle. Y al mítico *disc-jockey* y fotógrafo Jury.

A Massimo, el hombre de los sueños, y a Alberto, el nieto de pelo rizado, el *social media manager* de internet.

Al gallo Beppo, que en realidad está sanísimo y reina sin rival en su gallinero.

PRODUCCIÓN
Gracias a todos los que han hecho posible que una historia pequeñita se haya convertido en el cuento de *Las chicas que soñaban con el mar.*

Gracias al apoyo del ayuntamiento de Valdaone. Gracias al auténtico alcalde —alcaldesa, mejor dicho— de Daone, Ketty Pellizzari, así como a Giusy Tonini, a Ugo Pellizzari (el anterior alcalde de Daone, quien nunca saludó de verdad a toda esa gente) y a todos los daoneses que confiaron en nosotros y nos apoyaron.

Un agradecimiento emocionado a Ketty y Giusy por haber creído en esta descabellada idea desde el principio, aquel día de invierno en casa de Erminia delante de la polenta *carbonera.*

Gracias a Giorgio Butterini y a la Comunità delle Giudicarie por su apoyo.

Gracias a Hydro Dolomiti, que ha apoyado con energía este sueño.

Gracias al ingeniero Cattani, que con su luz me ha iluminado en este viaje, dándome confianza y creyendo siempre en él. Gracias a Annamaria Frisinghelli.

Gracias a la Trentino Film Commission, al Departamento de Prensa de Trento, a Giampaolo Pedrotti, al Área de Cultura de la Provincia de Trento, a Isabella Andrighettoni y Claudio Martinelli, y a Laura Zumiani, que desde la época de la universidad está diciéndome que escriba comedias.

Gracias a EiE film de Turín por haber creído en esta

historia, por haberla convertido juntos, de verdad, en un cuento. Con el deseo de realizar juntos mil viajes más. El próximo nos llevará a Gurro.

Gracias a Giulio Arcopinto por sus anguilas, y a Vincenzo y Simone, cuyos nombres siempre confundo. Disculpadme.

Gracias a Robert Zuber, que creyó en esta aventura y nos llevó a Croacia. Gracias a la extraordinaria Heidi Gronauer, que me presentó a Robert. Gracias a Vanja Jambrovic y Tibor Keser por haber intentado por todos los medios encontrar un poco de arena en Croacia.

Gracias a Montura. A Roberto Giordani y Roberto Bombarda por su entusiasmo y apoyo, y por las próximas aventuras que compartiremos.

A Discovery Italia, porque las *Funne* irán también a la televisión.

LOCALIZACIONES

Gracias a todos los lugares de esta historia. A esa curva del hotel-restaurante Eden, en la carretera hacia Roncone, desde donde comenzó el viaje. A las montañas verdes, salvajes, duras, silenciosas, mágicas. A la lluvia de verano que golpetea el tejado, al murmullo de los copos de nieve al caer. Al perfume de los bosques y de la leña, a la magia del Bed and Breakfast de Daniela, habitado por gnomos y hadas, en medio de un bosque de abedules.

Gracias a Daone, ese lugar suspendido en el tiempo y el espacio. Al club Rododendro, al ayuntamiento. A la mastodóntica presa. A la energía secreta de ese valle y de sus aguas. Gracias a las fiestas del pueblo, que son lo más bonito del mundo.

Gracias a la cueva de Aladino por los deseos que ya nos ha concedido y los que aún ha de concedernos.

Gracias al mar de Croacia y a la isla de Ugljan, que huele a flores blancas. Otro lugar mágico, suspendido también él en el tiempo y el espacio, que nos aguardaba en silencio, un amanecer, con su Virgen de las Nieves.

Gracias a las montañas y los lagos del Trentino. A esa piscina frente al lago con gansos de Levico. Gracias a Turín, mi nueva ciudad. A la Mole, al Círculo de Lectores, mi habitación secreta. A ese sofá de terciopelo verde.

MÚSICA

Gracias a las músicas que me han inspirado y transportado en este viaje. De Brassens a Mozart, de Tiersen a la banda sonora de *Chocolat*.

Gracias a la poesía de la música de Ezio Bosso, al tema de las *Funne* que Matej Mĕstrović compuso y a la alegría contagiosa de la música de Andrea Gattico.

Gracias a Norma y a todos los músicos de mi familia materna, tías y primos, mi hermana también, por vuestro apoyo y porque vuestra música acompaña desde siempre mis visiones.

CATERING

Un agradecimiento especial a los que han alimentado con pan, amor y fantasía (y un gran aumento de los niveles de colesterol) todos estos años de comidas y cenas en Val di

Daone. Gracias al restaurante El valle, a la casa rural de Bianca y, sobre todo, a los innumerables bares de los confines del mundo, como ese de los dos ancianos extravagantes que hay en una de las muchas curvas que llevan a Daone, me refiero al bar Panorama. Esos dos ancianos facilitan, previa consumición, prismáticos para ver el espectacular panorama que se abre desde su terraza. Si pasan por allí, díganles que van de mi parte.

MONTAJE

Gracias a los caballeros de mi pequeña mesa redonda que han mantenido ensamblados los trozos de mi vida, la real, cuando debo quitarme el gorro amarillo.

Gracias a la extraordinaria Annelise Filtz, a Alberto Trentin, Martina, Lorenzo Dorigatti, Leonardo y Miriam, Massimo Pezzedi, Renzo Tomasi y Roberto De Laurentis.

Un agradecimiento de corazón por el apoyo y el impagable esmero de Giuseppe Raspadori, Rita Colucci y Carmelo Fanelli. Gracias a mis doctores Fausto Boller y Antonio Tobia.

FOTOGRAFÍA

Gracias a Rudy, por ese único, último encuadre.

Gracias a los «hombres de la luz», a través de los cuales he conocido este valle, el club Rododendro y a las *Funne*.

Gracias a Antonio Costa, mi profesor, que me enseñó a *Saber ver el cine*.

A todas las películas que me han inspirado y enseñado algo. Porque juro que me descontrolo si he de enumerarlas todas, me lío y no acabo nunca, y hay que mandar el libro a la imprenta.

Gracias a la luz, la fotografía, las imágenes de Nicola Cattani, Simone Cargnoni, Massimo Giovannini y Riccardo Russo.

Gracias a Laura Carbonara por su estupenda portada y a todas las personas de Mondadori a las que no conozco y han trabajado en mi cuento.

Y un agradecimiento enorme a todos los demás amigos y colegas que viven lejos pero continúan presentes en mi álbum de familia.

A Nicola Betta, Milena y Giacomo por vuestra presencia. A Lorenzo y Juliane Hendel por sus relatos, su poesía y su amistad. A Eddy y Stefano, a Guido Casali y a Gioia Avantaggiato.

Gracias a mis amigas Chiara Nicoletti, Chiara Coller y Chiara nuestra vecina de Turín. A Annalisa y Maura, mis amigas actrices. A Fausto y Adele. A los innumerables y queridos amigos de Trento: Andrea Tombini, Diego, Ugo Pozzi, Luciano y Valerio Oss. A un Biondo que va y viene. A Claudio, Paolo y Giulio, a Elena, Gian y Marta, a mi librero, a mi estanquero y a mis vecinos, Ugo y Aldo, por cuidar del jardín y las flores de casa y por todo lo demás.

A Rosa, que ha enseñado a Caterina a hacer ramos de flores y nos colma de mimos.

MAQUILLAJE Y PELUQUERÍA

Gracias a Sonia Migliorati y a su peluquería de señoras por los miles de rulos, charlas y marcados, y por peinarme de vez en cuando. Dice que debo cortarme las puntas abiertas.

DEPARTAMENTO LEGAL
Gracias a Stefania Alfano y Claudia Scheu.

DEPARTAMENTO DE PRENSA
Gracias a toda la prensa que nos ha sorprendido, emocionado y acompañado en esta aventura contando nuestra historia. Gracias a Federico Taddia, a la dulzura de Dany Mitzman de la BBC, a Pina de Radio Deejay, a Mara Miceli de Radio Vaticano, a Rttr y a los queridos amigos Paola Siano y Giordano, en espera de que lleguen vuestras maravillas. Un especial agradecimiento a la televisión de Corea: nunca habríamos pensado que las *Funne* llegaran hasta allí abajo. O arriba.

¡Un agradecimiento de corazón a la Virgen de las Nieves, porque realmente en esta historia, incluso en mi caso, se ve su mano!

LAS CHICAS QUE SOÑABAN CON EL MAR es también una película. ¡Armida os invita a todos a poner un *laik* en su página de *Féisbuk* y a seguir sus aventuras a través de internet! (En: <www.funne.it>.)

Glosario

baile *liscio* (o *lisio*): baile tradicional, como el vals, la mazurca o la polca, en contraposición al moderno con música sincopada.

befana: personaje del folclore italiano que representa una bruja buena que se encarga de llevar los regalos de los Reyes Magos a los niños.

canederli: especie de albóndigas de pan y carne cocidas en caldo, típicas de la región de Trentino-Alto Adigio.

cedrata (pl. *cedrate*): bebida refrescante que se prepara con jarabe de cidra.

colomba pasquale: dulce típico italiano en forma de paloma que se come en Pascua.

funna (pl. *funne*): mujer.

grostoli: dulces típicos de Carnaval que consisten en una masa que se extiende, se corta en cuadraditos, se fríe y se espolvorea con azúcar. Se hacen en toda Italia, con ligeras variantes en cada zona y diferentes nombres.

judías *in bronzòn*: judías secas hervidas y luego salteadas con harina disuelta en mantequilla, cebolla, panceta o *luganega* (salchicha) y tomate.

krapfen: dulce de origen alemán, consistente en una masa frita de forma esférica y rellena de mermelada o crema.

Pesce d'aprile: celebración que tiene lugar el 1 de abril y que equivale al Día de los Inocentes.

polenta *carbonera*: plato tradicional del Trentino, en cuya elaboración se utiliza harina de una variedad de maíz de la zona, muy sabrosa, además de queso de *malga* y salchicha.

queso de *malga*: queso elaborado con leche cruda en lugares de montaña situados a una altitud de 1.500-1.800 metros.

teroldego: variedad de uva cultivada en el Trentino con la que se elabora el vino homónimo.

vicie: agujas de hacer punto.